정현종 전집 1

시

고통의 축제
나는 별아저씨
떨어져도 튀는 공처럼
사랑할 시간이 많지 않다

정현종 시전집 1

초판 1쇄 발행 1999년 12월 17일
초판 7쇄 발행 2022년 8월 31일

지은이 정현종
펴낸이 이광호
펴낸곳 ㈜문학과지성사
등록번호 제1993-000098호
주소 04034 서울 마포구 잔다리로7길 18(서교동 377-20)
전화 02)338-7224
팩스 02)323-4180(편집) 02)338-7221(영업)
전자우편 moonji@moonji.com
홈페이지 www.moonji.com

ⓒ 정현종, 1999. Printed in Seoul, Korea

ISBN 978-89-320-1133-2
ISBN 978-89-320-1132-5(전2권)

정현종 시 전집 1

고통의 축제
나는 별아저씨
떨어져도 튀는 공처럼
사랑할 시간이 많지 않다

문학과지성사
1999

정현종 시전집 1

고통의 축제

나는 별아저씨

떨어져도 튀는 공처럼

사랑할 시간이 많지 않다

고통의 축제
1974

독무

1

사막에서도 불 곁에서도
늘 가장 건장한 바람을, 한끝은
쓸쓸해하는 내 귀는 생각하겠지.
생각하겠지 하늘은
곧고 강인한 꿈의 안팎에서
약점으로 내리는 비와 안개,
거듭 동냥 떠나는 새벽 거지를.
심술궂기도 익살도 여간 무서운
망자들의 눈초리를 가리기 위해
밤 映窓의 해진 구멍으로 가져가는
확신과 열애의 손의 운행을.

알겠지 그대
꿈속의 아씨를 좇는 제 바람에 걸려 넘어져
腫骨뼈가 부은 발뿐인 사람아, 왜
내가 바오로 서원의 문 유리 속을 휘청대며 걸어가는지를
한동안 일어서면서 기리 눕는
그대들의 화환과 장식의 계획에도
틈틈이 마주잡는 내

항상 별미인 대접을.

하여, 나는
세월을 패물처럼 옷깃에 달기 위해
떠나려는 정령을 마중 가리.
부족으로 끼룩대는 속의 공복을
大海魚類 등의 접시로도 메우고
冠을 쓴 꿈으로도 출렁거리며
가리 체중 있는 그림자는 무동 태우고.

2

지금은 율동의 방법만을 생각하는 때,
생각은 없고 움직임이 온통
춤의 풍미에 몰입하는
영혼은 밝은 한 색채이며 大空일 때!
넘쳐오는 웃음은
……나그네인가
웃음은 나그네인가, 왜냐하면
고도 세인트헬레나 등지로 흘러가는 영웅의

영광을 나는 허리에 띠고
왕국도 정열도 빌고 있으니. 아니 왜냐하면
비틀거림도 나그네도 향그러이 드는
고향 하늘 큰 입성의 때인
저 낱낱 찰나의 딴딴한 발정!
영혼의 집일 뿐만 아니라 향유에
젖는 살은 半身임을 벗으며 원앙금을 덮느니.

낳아, 그래, 낳아라 거듭
자유를 지키는 천사들의 오직 生動인 불칼을 쥐고
바람의 핵심에서 놀고 있거라
별 하나 나 하나의 점술을 따라
먼지도 칠보도 손 사이에 끼이고.

화음
―― 발레리나에게

그대 불붙는 눈썹 속에서 일광
은 저의 머나먼 항해를 접고
화염은 타올라 踊躍의 발끝은 당당히
내려오는 별빛의 서늘한 勝戰 속으로 달려간다.
그대 발바닥의 火鳥들은 끽끽거리며
수풀의 침상에 상심하는 제.

나는 그 동안 뜨락에 家雁을 키웠느니
그 울음이 내 아침의 꿈을 적시고
뒤뚱거리며 가브리엘에게 갈 적에
시간은 문득 곤두서 단면을 보이며
물소리처럼 시원한 내 뼈들의 風散을 보았다.

그뒤에 댕기는 음식과 어둠은
왼 바다의 고기떼처럼 살 속에서 놀아
아픔으로 환히 밝기도 하며
오감의 絃琴들은 타오르고 떨리어
아픈 혼만큼이나 싸움을 익혀가느니.

그대의 숨긴 극치의 웃음 속에
지금 다시 좋은 일이 더 있을리야

그대의 질주에 대해 궁금하고 궁금한 그외에는
그대가 끊임없이 마룻장에서 새들을 꺼내듯이
살이 뿜고 있는 빛의 갑옷의
그대의 서늘한 승전 속으로
망명하고 싶은 그외에는.

사물의 정다움

의식의 맨 끝은 항상
죽음이었네.
구름나라와 은하수 사이의
우리의 어린이들을
꿈의 병신들을 잃어버리며
캄캄함의 혼란 또는
괴로움 사이로 인생은 새버리고,
헛되고 헛됨의 그 다음에서
우리는 화환과 알코올을
가을 바람을 나누며 헤어졌네
의식의 맨 끝은 항상
죽음이었고.

죽음이었지만
허나 구원은 또 항상
가장 가볍게
순간 가장 빠르게 왔으므로
그때 시간의 매 마디들은 번쩍이며
지나가는 게 보였네

보았네 대낮의 햇빛 속에서

웃고 있는 목장의 울타리
木幹의 타오르는 정다움을,
무의미하지 않은 달밤 달이 뜨는
우주의 참 부드러운 사건을.
어디로 갈까를
끊임없이 생각하며
길과 취기를 뒤섞고
두 사람의 괴로움이 서로 따로
헤어져 있을 때도
알겠네 헤어짐의 정다움을.

불붙는 신경의 집을 위해
때때로 내가 밤에 깨물며
의지하는 붉은 사과, 또는
아직도 심심치 않은
오비드의 헤매는 침대의 노래
뚫을 수 없는 여러 운명의
크고 작은 입맛들을.

무지개나라의 물방울

물방울들은 마침내
비껴오는 햇빛에 취해
공중에서 가장 좋은 색채를
빛나게 입고 있는가.
낮은 데로 떨어질 운명을 잊어버리기를
마치 우리가 마침내
가장 낮은 어둔 땅으로
떨어질 일을 잊어버리며 있듯이
자기의 색채에 취해 물방울들은
연애와 無謀에 취해
알코올에, 피의 속도에
어리석음과 시간에 취해 물방울들은
떠 있는 것인가.
악마의 정열 또는
천사의 정열 사이의
걸려 있는 다채로운 물방울들은.

기억제 1

숲인 시간의 비밀을 알고 난 뒤의
즐거움을 그대는 알고 있을까
처음과 끝은 항상 아무것도 없고
그 사이에 흐르는
노래의 자연
울음의 자연을.
헛됨을 버리지 말고
흘러감을 버리지 말고
기억하렴
쓰레기는 가장 낮은 데서 취해 있고
별들은 天空에서 취해 있으며
그대는 중간의 다리 위에서
어쩔 줄을 모르고 있음을.

공중놀이

하늘 아득한 바람의 신장!
바람의 가락은 부드럽고 맹렬하고
바람은 저희들끼리
거리에서나 하늘에서나 아무데서나
뒹굴며 뒤집히다가
틀림없는 우리의 잠처럼 오는
계절의 문전에서부터 또는 찌른다
정신의 어디, 깊은 데로
찌르며 꽂혀오는 바람!
비애 때문에 흩어지는 바람
비애 때문에 모이는 바람
벌거벗고 입으며
아 재빠르고 반짝이는 시간의 銀鱗을
보기 위해 벌거벗고 입으며……

그리고
별들은 아이들처럼 푸르게
달님은 자기의 빛 꼭대기에서
황혼의 끝자락을 놓으며
새벽의 푸른 빛을 잡으며
놀고 있구나
참 엄청나게 놀고 있구나

기억제 2

나는 밤새도록 집에 없었네
술을 마시며
만족의 바닥 없는 늪 속을
낯선 데로 구걸하며 가고 있었네
그대들 애처로운 불빛들을 달고
뚜렷한 악동들이 되어 뚜렷하지 않은
길을 따라 빈객으로 오신 그대들,
바깥에는 바람이 불고
나는 밤새도록 집에 없었네.

그즈음의 내 집은
문전까지 출렁이는 바다가 와 닿아
애인이 보내주는 바람과 물결 위로
달빛이 하늘에서 떠나듯이
나는 떠나서 흘러들고 있었고
그리고 바뀌는 바람 소리 때문에
또는 시달리고 있었네.

구걸하며 빈객으로 오신 그대들
어떻게 먼길을 별빛이 별빛에게
건너가고

죽음이 따로따로 되어
거리에 다채롭게 넘치고 있음을
아는 그대들은 보았겠지
나 밤새도록 지붕 위에 올라가
떨며 앉아 있음,
뜨겁게 뜨겁게 떨며 앉아 있었음을.

……마침내 그대들은 떠났다
흘러간 시간의
기억의 빛 속에 사랑받으며
불명한 길을 따라 떠나갔다
만남도 떠남도 그대들의 무술인 양.

센티멘털 자아니
—— 成鎭형께

너도 알거라만
참 변하지 않는 거 있지
그분의 가는 길의
有情한 바람
일종의 취기를

어느 선술집에서거나
그 댁 犬公도 웃으며 좋아하고
하나님도 싱긋 웃고 지나가시고
더 말할 거 없는
너도 다 아는 일

또 알거라만,
너는 보았는지
가장 즐거운 취중의
그분의 쓸쓸한 웃음
내가 들어본 일이 있는
기적 소리 같은
그분의 상말씀을

원수 같은 그 정감은

한없이 어디서 오고 있을까
집도 흘러가고 빚도 흘러가게 하는
다 아는 정감은……

만나보면 늘 여로
때때로
떠도는 자들을 업어주며 가시는
센티멘털 자아니

참 변하지 않는
원수 같은 그 정감
일종의 취기
가장 즐거운 취중의
그분의 쓸쓸한 웃음을
너도 다 알거라만

주검에게

노래하리 나는
고인의 동행 내 구름에 불놓는 너의 가열을
잘 아는 두 입술의 세밀한 예감이며
너의 깜깜한 渺芒의 시장기의
거인과 질풍을.

거리에서도 열렬히 筋骨 속에 잠입하여
내 영육은 급해 어둠이 혹은 번뜩인다는 사실을.
흉벽에 한없이 끈적거리며
불붙는 너는
달려 달려라고 소리치며
무서운 성실을 彈奏한다.

보아 너의 주는 모래와 어둠을 열며
하늘 바닥에 굽이이는 나무의 뿌리눈들
서른두 개의 치아의 육친인
별…… 치아여
한없이 매여 도는 느닷없는 원무여.

뜬눈과 오한으로
뜬눈과 오한으로 이 신랑의 燈明은

떨리이니
냅뜨는 너의 심연을 내 위기로 압박하여
오오 나는 파도 치리.

여름과 겨울의 노래

왜 新衣를 입고 나간 날의
검은 비 있지
나의 신의와 하늘의
검은 비가 헤어지고 있는 걸
알고 있지.
알지 문득 깬 저녁잠 끝의
순수 외로움의 무한 고요,
그대 마음속의 빈자리가
결국 모든 사람의 자연인 달빛이나
시간의 은혜로써 채워질 뿐임을.
가도 머리 둘 곳이 없는 기러기나
아득한 종달새가
모두 천공으로 떨어졌을 때
땅에는 겨울눈이 내리고
죽음도 내리어

그분이 그분이…… 라고 불리는
死者의
기억과 소문은 빙빙 돌다가
우리의 식당 안에서 갈피를 잡을 때
허나

죽은 자는 그들의 장례마저
가르치지 않는다는 그대의
믿음, 행동의 흥분이여.

굴뚝 연기의 검댕으로도 저희는 다시
저희들의 얼굴을 치장할 수가 있습니다
하늘의 별로도 저희는
저희들의 길을 알 수 있습니다
겨울엔 늦잠 끝의 아침을 보고
여름엔 여름옷을 입겠습니다
큰 바람도 겹치는 지금은
오래 살고 싶을 내장을 버리면서
힘센 사냥꾼 오리온좌에 쓰러져 저희들로 하여금
밤참을 먹도록 해주세요.
한때는 겨울이 세상을 지배하고
다시 여름이 세상을 지배해도
뜨거운 밤참을 차리는
날개로 된 식탁의 다리들을
거대한 망치로 두들기게 해주세요.
일을 하는 목수의 자유 속에
여름과 겨울 사이로 달리는

푸른 손의 열 가락을
기쁨의 한가운데로 밀어넣게 해주세요.

저희들의 승리가 비록
거리에서 별을 바라보는 일일지라도.

외출

한기가 물에 스며
얼고 있는 물의 마음
하염없는 정감으로 별빛만
있고 바람만 있는 여기
모래의 마음으로
지금은 바깥을 걷고 있네

골수에 빠져 있는 우수며
지껄이며 오는 욕망 또는
머리에 가득 찬 의식의 불
사이서 믿을 수도 없이
장난하고 싶은 마음으로
공부하고 싶은 마음으로
걷고 있네 봄밤의 길을

공기는 낮에 시달리다가
지금은 고요와 고요의 다리가 되어
街燈의 공기는 가등 곁에서
나무의 공기는 나무 곁에서
제 것인 색채와
제 것인 가락으로 흐르고 있지만

여기 우리는 나와 있네
고향에서 멀리
바람도 나와 있고 불빛도
평화가 없는 데를 그리움도 나와 있네

빛나는 처녀들

달밤에 나와 달을 한번 보듯
그대 비 오는 날의 우의처럼
바람도 못 가리며 나를 입고
맞아라 맞아라며 입고
손가락을 붉게 겹쳐
한없이 꼭대기로 떨어뜨리며
자궁의 춤을 접고 마침내
자기의 생명의 끝에서
다시 생명을 본 그대

비 오는 날 저는 비
바람 부는 날 저는 바람이었어요
수없는 빗방울이 몸에 다 아프고
수없는 바람이 다 제 숨을
번쩍이며 끓게 하여
학교도 거리도 꿈도
다 무서웠어요
저의 삶인 제 방이 무서웠어요
아마 포도주를 마셨지요
병과 하나님을 나란히 놓고
아마 즐거웠는지……

아마 베개에도 피가 흐르고 있었는지……

꿈속에 고향을 본 그대
아직 보지 못해 없는
고향에게는 그리움뿐인 그대
산 아이도 죽은 아이도
다 그대의 길을 놓고 있고
햇님 아래 달님 아래
그냥 강약조의 보행, 그리고
길 뒤에 맑게 되어 흘러가는
기억의 빛
지나간 데서 새들처럼 모여
비추는 조명,
배를 띄우는 바다, 명암의 유동
강약조의 맑은 아씨여.

데스크에게

그러면 날개를 기다릴까,
내 일터의 木階段이
올라가지는 않고
빨리빨리 올라가지는 않고
내려가고만 있는데
차 한잔에 머리 두고
불명 때문에 제가 성이 나 있는데.

나 눈으로 보던 빛 그릇
청천하늘이,
지금은 天軍도 잠들어
일터와 집 사이에 대개 쓰러져 있지만,
내 일터의 책상 네 귀에서
나는 그냥 아주 작은 난쟁이가 되어
자꾸 아래로 굴러떨어지고 있지만

그러나
그러면 날개를 기다릴까
어리석다
그리고 부러운 자가 있는 것 같다
구름이나 기차

구름이나
기차, 또는 거북이나
차별 없는 폭풍이.

밝은 잠

저의 잠은 많이
울고 있다
떠도는 것 중에는 다 스며서
혼자 하품하는 사람의 외로움과
호주머니 속에 가고 있는 길에도
스며서
반복은 즐거우냐고 묻는
시간의 목소리에
차를 따르는 소리 등으로 응답하며,
결심하지 않아도 오는 잠
그러나 죽음은 누울 데가 없는
바다의 파도의 잠

저의 잠은 많이
울고 있다
밤이 자기의 문을 깊이 잠근 뒤
별빛들이 밤의 잠긴 문을 두드리는
소리가 불꽃처럼 일어난 뒤,
한 아침이 다른 아침에게 가서
빛을 깨우고
아침들은 그때 청명히 일어나

빛을 서로 던지기 시작할 때

저의 잠은 아마 또
조금씩 깨면서 울고 있다
결심하지 않아도 나오는
노래처럼

교감

밤이 자기의 심정처럼
켜고 있는 街燈
붉고 따뜻한 가등의 정감을
흐르게 하는 안개

젖은 안개의 혀와
가등의 하염없는 혀가
서로의 가장 작은 소리까지도
빨아들이고 있는
눈물겨운 욕정의 친화

술 노래 1

물로 되어 있는 바다
물로 되어 있는 구름
물로 되어 있는 사랑
건너가는 젖은 목소리
건너오는 젖은 목소리

우리는 늘 안 보이는 것에 미쳐
병을 따라가고 있었고
밤의 살을 만지며
물에 젖어 물에 젖어
물을 따라가고 있었고

눈에 불을 달고 떠돌게 하는
물의 향기
불을 달고 흐르는
원수인 물의 향기여

흐르는 방

길을 일으키기 위해 길을
달리면서 얻은
땀 중의 소금을 음식에 치면서
정든 길과 안개에 입맞추며 간다.

아직 보지 못한 불명의 범행들이
저 삶의 마른 뼈 사이로
또 거듭 피를 흐르게 한다
잠이 없는 편협한 피를.

다시 저 빗소리가
편안한 집을 짓고 있고
빗소리의 소리의 흐르는 벽이
다만 사랑하는 방을 꾸미고 있다.

처녀의 방

모든 모서리로부터 일시에
일어서는 공기,
머나먼 유년으로 떠나는
희고 찬 날개를 단 바람,
문득 주문을 잃어버리는 40인의 도둑,
완전한 말만을 허락하는
그대의 방

책들은 다 닫으시지요
피는 부스럭거리고
열려 있는 문은 무력해요
피는 부스럭거리고
물의 색깔은 참 여러 가지인데요……
그러나 듣지 마세요 그대
모든 끝과 이별을 사랑할 수 있을 때까지

어느 때는 아마
세상에서 가장 큰 것은 침대이지만
그대 마침내
다시는 옷을 입지 않고 항해에 오를 때
그대 살 속에 파도를 들을 때

자기의 깊음과 죽음을 다 보겠네

스며들면서 나는
살아 있는 모든 가구 속으로
공기와 먼지의 인력 속으로
다만 기체로서 스며들면서……

바람 병

저 밖의 바람은
심장에서 더욱 커져
살들이 매어달려 어둡게 하는
뼈와 뼈 사이로 불고

그리 낱낱이 바람에 밟히는 몸은
혹은
손가락에 리듬의 금환을 끼며
머나먼 별에게 춤추어보이기도 하네

집

떠남도 허락하고
돌아감도 허락한다
떠나는 길과 끝나는 길이
만나서
모든 도중의 하늘에
별을 빛나게 하고
흘러가는 모든 것들을
한번의 폭포로 노래하게 한다.

한 마리의 잃어버린 양은
목동이여 찾아 헤매는 그대 마음인데
부는 바람과 흐르는 시내가
자비와 쓸쓸함으로 온다 한들
어떤 편안한 잠이
그대의 소유와 상실을 덮어줄까
어떤 길이 마침내
죽음에게 길을 열어줄까.

안정은 제 마음을 버리고
강물에 비치는 고향
때때로 무의식으로 우는 이마
깨어서도 젖는다.

상처

한없이 기다리고
만나지 못한다
기다림조차 남의 것이 되고
비로소 그대의 것이 된다

시간도 잠도 그대까지도
오직 뜨거운 병으로 흔들린 뒤
기나긴 상처의 밝은 눈을 뜨고
다시 길을 떠난다

바람은 아주 약한 불의
심장에 기름을 부어주지만
어떤 살아 있는 불꽃이 그러나
깊은 바람 소리를 들을까

그대 힘써 걸어가는 길이
한 어둠을 쓰러뜨리는 어둠이고
한 슬픔을 쓰러뜨리는 슬픔인들
찬란해라 살이 보이는 시간의 옷은

구애

얼굴을 보여주렴 밤에
모든 빛이 잠들면서
그러나 그리움의 골수로부터 빛들은 살아나는
밤에
그대 눈을 보여주렴.

美化의 슬픔과 슬픔의 미화를
다 여행 가방 같은 데 구겨넣고
한없이 흔들며 흔들어보며
분장의 명수인 밤이
가르쳐주는 모든 분장술로
보여주렴
그대의 눈과 얼굴을.

살아 있는 제가
마침내 혼자 있는 얼굴
그대의 혼자 있는 눈을
사랑할 수 있을 때까지.

한밤의 랩소디

불에 타서 향그러운 향
재가 뿌리는 향기
정신이 아픈 하염없는 취기
망명하는 죽음, 그대의 망명.

죽음이 性이 되어 리듬을 회복하고
불탄 리듬의 재로써 거듭
머리를 씻는 그대
오오 유쾌한 시간의 병.

소리 없이 흐르는 물에 갇혀
샅에서 춤추는 전신은
아마 알고 있네
그대의 모든 신음의 진수를.

만월 자궁 속에 들어간 힘찬
시간의 고통의 질주
죽음의 외교적 가면
모래 흐르는 바닷가의 물결 소리를.

불에 젖는 재의 연습

다시 떠나는 일만이 남아 있고
그대 가득 찬 단식의 소식에
가지가지 양념을 보내드리네.

자기의 방

그는 자기의 방으로 들어간다. 밤.

금도 아닌 생업으로 가득 찬 낮의 거울 속에는 아무도 없다. 대낮 아래서 춤을 추는 연애와 산업을 위해 해님은 자기의 얼굴을 달빛으로 바꾸고 싶다. 물리학자의 딸을 닮은 시간은 부서져 천당 같은 찻집으로 쫓겨 들어간다. 마침내 낮은 시녀처럼 어둠의 발을 씻기 시작한다.

그는 자기의 방으로 들어간다. 밤.
자기의 방은 비로소 출항이고 방 전체가 등불이고
마침내 방 전체가 파도이다. 어디에 가서 닿을 수 있을까? 정신의 밝은—어두운 밤이 찾아가는 항로의 끝에는 다시 수평선이 응답처럼 가만히 누워 있다. 그러나 어디에 가서 닿을 수 있을까.

그대의 가장 끝인 살
땅이 끝까지 걸어간 데, 바다
발 속에 갇혀 있는 진정한 날개
소멸하므로 가장 빛나는 불
결코 아래로 아래로 떨어지는 눈물
......

어디에 가서 닿을 수 있을까. 저 어여쁜 잠을 지나 다채로운 약속을 지나 불타는 신경처럼 가느다란 모험의 통로를 지나, 때로는 푸념하고 때로는 그것도 못 하는 고통을 지나 모래를 빚어서 삶을 만들고 만들고……

우리의 유머러스한 평화.

밤새 흔들리는 파도.
갈 데가 없는 기쁨, 갈 데가 없는 슬픔이
저의 방에 와서 놀고 있다
자기의 방은 무덤처럼 불편하고 길처럼 편안하다.

꽃피는 애인들을 위한 노래

겨드랑이와 제 허리에서 떠오르며
킬킬대는 만월을 보세요
나와 있는 손가락 하나인들
욕망의 흐름이 아닌 것이 없구요
어둠과 열이 서로 스며서
깊어지려면 밤은 한없이 깊어질 수 있는
고맙고 고맙고 고마운 밤
그러나 아니라구요? 아냐?
그렇지만 들어보세요
제 허리를 돌며 흐르는
만월의 킬킬대는 소리를

시인

아직도 일기장 같은 거
학원 일기나 희망 일기 같은 걸
사랑하며 망쳐놓으며
심장은 없고 바람뿐이며
재산은 수상한 피와 광기뿐이며
본능에 생각을 싣고
감각에 정신을 싣고
꿈을 적재하는 무역이 있으며
의사와 약을 가장 미워하고
독자를 가장 미워하고
십자가를 자로 사용하다 들키고
죽음이 던지는 미끼에 매달려 쩔쩔매고
망측한 기쁨에 빠져서 부르짖고
사물을 캄캄한 죽음으로부터 건져내면서
거듭 죽고
즐거울 때까지 즐거워하고
슬플 때까지 슬퍼하고
무모하기도 하여라
모든 즐거움을 완성하려 하고
모든 슬픔을 완성하려 하고……

시대의 소리에 재갈을 물리는 강도를 쫓아 밤새도록 달리고 있다.

가족

어디서나 아이처럼 깊이
잠들 수 있는 나그네
그러나 아무데서도 잠들지 못하는
걷잡을 수 없는 꿈
거듭 놀라며 일어나는 길을.

(名妓나 되시지 그랬어요 어머니
페르시아조로 흐르는 살의 물소리
듣는 법을 자세히 내려주시지 그랬어요 아버지)
저의 길잡이인
죽음처럼 가난한 것도 없어요
그러나 모든 헤매는 新生이
죽음을 일으키며 가고 있어요.

그대는 별인가
── 시인을 위하여

하늘의 별처럼 많은 별
바닷가의 모래처럼 많은 모래
반짝이는 건 반짝이는 거고
고독한 건 고독한 거지만
그대 별의 반짝이는 살 속으로 걸어들어가
"나는 반짝인다"고 노래할 수 있을 때까지
기다려야지
그대의 육체가 사막 위에 떠 있는
거대한 밤이 되고 모래가 되고
모래의 살에 부는 바람이 될 때까지
자기의 거짓을 사랑하는 법을 연습해야지
자기의 거짓이 안 보일 때까지.

붉은 달

아무도 없는 길에는
밤만이 스며서 가득 찬다
바람 속에 스며 있는 컴컴한 열은
달고 고요하게 깊고 깊다
문득 저만큼, 젖은 妖氣의 공기를 흔들며
어떤 목소리의 모습이 드러난다
한 꽃피는 처녀와 그의 젊은 남자,
한 손이 다른 손에게 건너가 있고
건너가 있으면서 다시 더
깊고 안 보이는 데서 만나고 있는
두 손의 걸음이 춤이 되어 넘치면서
악, 악, 까르르 처녀의 웃음 소리가
허공을 가르며 날아갔다
처녀의 웃음 소리의 그 끝에 문득
붉은 달이 걸린다
웃음 소리는 한없이 달을 핥으며
자꾸자꾸 그 너머로 넘어가고
붉은 달은 에코처럼 걸려 있다.

죽음과 살의 和姦

부서진 내 살결과 바람결이 같아지고
살결과 물결이 화답하고
살은 부서져
풀의 초록, 바다의 푸름이 되고
여러 동물의 울음 소리가 되고
살은 돌을 마시는 물이 되고
모든 색을 물들이고
모든 리듬을 흐르게 하고
술 속에, 침대에서 굴러떨어지는 단순한 열 속에
남자와 여자 속에, 원자들의 성기 속에
스며서
부서진 내 살결과 바람결이 같아지고
결코 없어지지 않는 모든 것들의 살이 되리니

딴딴하게 굳어버린 바람의 불쾌한 소리를
살아 있는 피의 불로 불태운 뒤의
재를 열렬히 양식으로 삼기 바람.

그 여자의 울음은 내 귀를 지나서도
변함없이 울음의 왕국에 있다

나는 그 여자가 혼자
있을 때도 울지 말았으면 좋겠다
나는 내가 혼자 있을 때 그 여자의
울음을 생각하지 말았으면 좋겠다
그 여자의 울음은 끝까지
자기의 것이고 자기의 왕국임을 나는
알고 있다
나는 그러나 그 여자의 울음을 듣는
내 귀를 사랑한다.

철면피한 물질

끝없는 물질이 능청스럽게 드러내고 있는
물질이 치열하고 철면피하게 기억하고 있는
죽음.
내 귀에 밝게 와서 닿는
눈에 들어와서 어지럽게 흐르는
저 물질의 꼬불꼬불한 끝없는 미로들,
아무것도 그리워하지 않으려고 애쓰는
능청스런 치열한 철면피한 물질!

新生
── 비와 술에 젖은 날의 기념

비에 술 탄 듯 술에
비 탄 듯 비가 내린다
자기의 육체로 내리면서 비는
여성인 바다에 내리면서 여성이 되는 비는
바다의 모든 가장자리의 항구에
불을 켜놓는다.

헤매는 꿈에, 무의식에 묻어 있는 땀
묻어 있는 깊은 피
죽음 뒤에도 불타거라
모든 사물의 붉은 입술이 그대를 부르고 있다
가장 작은 것들 속에도 들어가고 싶은 치정
들어가고 싶은 공기, 물, 철, 여자……

비에 술 탄 듯 비가 내린다
자기의 육체로 내리면서 비는
여성인 바다에 내리면서 여성이 되는 비는
바다의 모든 가장자리의 항구에
불을 켜놓는다.

소리의 심연

1 귀를 그리워하는 소리

나는 소리의 껍질을 벗긴다
그러나 오래 걸리지 않는다
사랑이 깊은 귀를 아는 소리는
도둑처럼 그 귀를 떼어가서
소리 자신의 귀를 급히 만든다
소리 자신의 목소리에 귀를 붙인다
내 떨리는 전신을 그의 귀로 삼는 소리들
모든 소리의 핵 속에 들어 있는 죽음
모든 소리는 소리 자신의 귀를 그리워한다.

2 명랑한 남자

나는 아 어쩌면 이렇게 명랑한가?
낮이 밤 속으로 태양색의 꼬리를 감추기까지
해님이 걸어가는 방식을 아시나요?
어찔 명랑, 뒤뚱 명랑
정오의 목을 조르기 위해
밥의 바다, 찌개의 바다로 나아가고

그러나 일용할 양식 이외의 양식은 버리며
그러나 일용할 즐거움과 야합하며
그러나 자기의 날개에 더욱 못을 치기 위해
발의 헤머, 웃음의 헤머, 눈물의 헤머를
동원한다. 어찔 명랑……

대낮이 만드는 청명한 공기의 계단을
물론 오르내릴 수 있지만
아시나요 모든 소리가 다 외로워하고 있어요
가령 슬픔에 찬 저 바람의 푸른 눈이
내가 끌어안고 쩔쩔매는 바람 소리를 보네요.

3 소리의 구멍

남자의 몸이 사라지고 문득
몸 형상의 구멍이 빈다
여자의 몸이 사라지고
여자의 몸 형상으로 공기가 잘린다
그들의 소리가 지나간 만큼의
구멍이 공기 속에 뚫려 있다

나의 바깥으로 열린 감각들은 모두 닫혀 있다

공기를 뚫고 지나간 소리의 구멍의 유혹
소리를 통해서 형상이 남는 방식
소리가 남는 쓸쓸한 방식
소리를 잊을 수 없기 위하여
내려가는 계단은 어두우면 좋다
어둠 속에서 들린 소리의 구멍은
어둠이 묻지 않은 공기의 구멍보다
더 뚜렷하고 더 아프기 때문에.
(소리의 주인들인 그들은 어디로 갔을까)
(사랑과 울음으로 뭉쳐 어디로 갔을까)

4 침묵

나는 피에 젖어 쓰러져 있는
한 무더기의 고요를 본다
고요는 한때 빛이었고 고요 자신이었고
침묵의 사랑하는 전우였다

나는 피에 젖어 쓰러져 있는
한 떼의 침묵을 본다
말은 침묵의 꼬리를
침묵은 말의 꼬리를 물고 서로
기회를 노리고 있다
죽도록 원수처럼 노리고 있다.

완전한 하루

큰 건물의 검은 입으로부터 한 아이가 뛰어나온다
감격, 한 빛의 보임이다
(감동과 빛에 물들어 있는 내 마음. 따라서 지금 바깥의 사물은
행복하다)
가방을 든 여자가 걸어간다
눈물의 씨앗인 사랑 한 묶음이 걸어간다

검정 매연이 발목을 걸고 코를 꿰는 거리
자기의 국적을 찾아 헤매는 거리
딱딱한 물, 딱딱한 공기 마시는 거리
슬픔이 없는 슬픔의 거리
(다시 아래와 같은 현상들의 독립과 그것들의 감격을 위해 윗연
의 명사절과 수식어들을 떼어놓은) 거리에
아이스크림 하나로 기분 좋아진 사람 걸어간다
감격, 한 빛의 보임이다
말없는 사람들이 말없이 걸어간다
원수인 말, 말 형상의 구멍인 말이여

살진 돌들이 집을 세우며 서 있는
거리로 나와 도시의 달을 본다
지난밤에는 내 몽정에 젖었던 유쾌한 달

허리 굽은 반달을 타고 앉아 내가
오입하는 게 보인다
문득 시간이 내 육체에게
아, 가을 바람처럼 인사한다

사랑이 크면 외로움이고말고
그러지, 차나 한잔 하고 가지.

배우를 위하여

행동을 버릴 것, 지니지 말고
말을 버릴 것
버렸다는 생각이 들겠지만 버렸다고 생각했을 때
다시 버리고 자기의 것이라고 생각했을 때
자기를 버리고 그리고
박수 소리를 버리고
웃음을 버리는 웃음
표정을 버리는 표정
슬픔의 주인은 슬픔, 기쁨의 주인은 기쁨
행동의 주인 말의 주인은 각각 그것들 자신이도록 하고, 그렇다면
구원이 그대를 편안하게 할는지 모른다
슬픔은 계속 남겠지만
죽음이 마침내 그대에게 행동과 말을
주겠지만, 그렇지만, 그러므로
그렇다고 하더라도……

사랑 사설 하나
—— 자기 자신에게

사물을 가장 잘 아는 법이 방법적 사랑이고 사랑의 가장 잘된 표현이 노래이고 그 노래가 신나게 흘러다닐 수 있는 세상이 가장 좋은 세상이라면, 그렇다면 형은 어떤 사랑을 숨겨 지니고 있습니까?

어제 형은 형의 꿈 이야기를 해주었습니다. 온 땅이 거울이 되어 하늘이 다 비추고 있는 데를 걸어갔다, 거울인 땅 위를 걸어갔다, 안 팔리는 꿈을 향해 꼭두새벽 꼭두대낮 거듭 걸어갈 때 자기의 모양은 아주 보이지 않는 것이었다, 누구나 거기서는 나그네 되는 항구, 항구의 고향인 바다와 그리운 꿈만 보이는 식으로 자기가 안 보이는 게 즐거웠다(그런데 거울인 땅 위에 자기의 모양이 비친 건 침 뱉기 위해 몸을 굽히거나 구두끈을 매기 위해 허리를 꺾거나 할 때였으며)…… 밤이 되자 별들은 무덤의 입술을 빨고 무덤들은 별들의 입술을 빨고 있었으며, 천지간의 바람은 바람 자신의 대를 잇기 위해 끊임없이 불고 있었으나 오히려 시인의 눈에 눈물 고이고 귀에 소리 고이게 하기 위해 불고 있었고 그러나 잠들어 눈 어둡고 귀 닫은 이 많아 그들이 깨어날 때까지 불 작정으로 불고 있는 듯했으며…… 그때 어떤 소리가 말했다, 오늘의 시의 운명은 그럼에도 불구하고 시의 쪽박으로 구걸하는 거지 자기의 명성의 쪽박으로 구걸하는 건 아니다, 죽음으로 구걸하는 거지 살아 남음으로 구걸하는 건 아니다, 명성 등은 그대의 이름을 쭉정이화하는 데 기여하는 것임을 그대는 그대의 그야말로 명성을 위해 알아두어라, 사람은 각자 자기가 사랑받아야 한다고 생각하고 느끼는 것 이상의 사랑을 ( )로부터 항상 받아야 하지만 그러나 그가 삶의 현상들을 어떻게 사랑하고 있는지가 두루 궁금할 따름이다, 사랑받아야 한다는 욕망은 사랑 자체와는 아무 상관이 없고 사랑받음과도 아무 상관이 없고 항상 그대는 어떻게 사랑하고 있으면 된다, 그대는 그대의 모든 시에서 그대의 이름을 지우고 그 자리에 고통과 자신의 죽음을, 문화를, 방법적 사랑을 놓지 않으려느냐, 슬픔 多謝.

  잠은 깨었으나 형의 꿈은 더 깊어갔습니다.

老詩人들, 그리고 뮤즈인 어머니의 말씀
──사랑 사설 둘

　나는 참을 수 없이 그분들이 내 할아버지라는 느낌이다. 그분들의 핏줄과 내 핏줄이 하나여서 어쩔 줄을 모르겠다. 일테면 1970년 5월 29일 저녁, 노인들이 환장하게 보고 싶어서 성북동 비둘기를 기념하는 詩祭에 갔다가 들은 김광섭 선생의 답사 "나는 사람들과 같이 어떻게 하면 잘살 수 있을까 해서 시를 씁니다"는 즉시 하늘로 올라가 김광섭의 별이 되어 빛나기 시작했고 내 머리에는 뜨끈한 물이 넘쳤다. 오오 노시인들이란 늙기까지 시를 쓰는 사람들, 늙기까지 시를 쓰다니! 늙도록 시를 쓰다니! 대한민국 만세(!) 그분들이, 예술보다 짧은 인생의 오랜 동안을 집을 찾아 헤매다 돌아온 어린애라는 느낌을 나는 참을 수 없다. 반갑구나 애야, 내가 망령이 아니다 애야 소를 잡으마, 때때로 그분들 중의 누가 딱딱한 無明 때문에 자기가 하는 일을 모르고 하는 때도 있기는 있지만, 그렇긴 그렇지만, 제 발등에 불부터 끄는 게 급함을 알기는 알아야지, '제'란 누구인가? 시인, 시의 발등, 정신의 발등, 일의 순서는 알아야지, 어떤 흉악한 홍수, 폭력(물리·물질·허위의) 등이 휩쓸면 각각 힘을 다해 자기의 칼 아름답게 갈아야지, 젊은 시인들도 자기 속에 무명과 詐術을 키우지 말아야지, 제가 하는 바를 알고 해야지…… 시 쓰는 자식 열을 거느린 뮤즈 어머니의 말씀이 너희들끼리 싸우는 일이 급한 건 아니다, 발전을 위해 결코 싸울 필요가 있다면 너 자신과 싸우듯이 싸워라──그러나 어머니는 계모이신 것 같습니다. 우리 중에 핏줄이 다른 자가 있나이다──오냐 곡식 중에는 쭉정이도 있느니라, 곡식은 거두고 쭉정이는 버리리라, 거듭 부탁하지만 싸우되 방법적 회의와 방법적 미움을 다 안고 있는 방법적 사랑으로 싸워라, 너희에게는 무엇보다도 너희 공동의 적이 있고, 그리고 자기 자신이 자기의 가장 큰 적이란다. 상식의 슬픔. 슬픔 多謝.

거울

  사물은 각각 그들 자신의 거울을 가지고 있다. 내가 나의 거울을
가지고 있듯이. 나와 사물은 서로 비밀이 없이 지내는 듯하여 각자
의 가장 작은 소리까지도 각자의 거울에 비친다. 비밀이 없음은 그
러나 서로의 비밀을, 비밀의 많고 끝없음을 알고 사랑함이다. 우리
의 거울이 흔히 바뀌어 있는 것을 발견한다. 거울 속으로 파고든다.
내 모든 감각 속에 숨어 있는 거울이 어디서 왔는지 나는 모른다.
사물을 빨아들이는 거울. 사물의 피와 숨소리를 끓게 하는 입술식
거울. 사랑할 줄 아는 거울. 빌어먹을, 나는 아마 시인이 될 모양이
다.

시간의 공포를 주제로 한 연가
─또는 時空의 결혼

발바닥의 절망과 머리의 절망 사이에 또는
머리의 희망과 발바닥의 희망 사이에
끼여 있는 내 몸 속의
각색 물들의 흐름과 폭포의 리듬.

믿는 게 있군요
내리는 눈, 내리는 비, 시간……
몇 시나……?
여기야, 그것뿐이야, 앉아 있었던 곳에
그냥 앉아 있고 서 있었던 곳에 서 있어,
그것뿐이야,
시간의 공포……

어디냐고? 아홉시 십분, 밤,
그대 가고 싶어하던 곳을 계속 가고 싶어하고
가장 맑은 사랑에 이르기 위해서는 그대
자신이 되기 위해서는 다섯 개의 얼굴은
아직 무한히 부족……

(여자는 그의 앞에서 없어진 나를 본다)

사물의 꿈 1
—나무의 꿈

그 잎 위에 흘러내리는 햇빛과 입맞추며
나무는 그의 힘을 꿈꾸고
그 위에 내리는 비와 뺨 비비며 나무는
소리 내어 그의 피를 꿈꾸고
가지에 부는 바람의 푸른 힘으로 나무는
자기의 생이 흔들리는 소리를 듣는다.

사물의 꿈 2
── 구름의 꿈

　사랑하는 저녁 하늘, 에 넘치는 구름, 에 부딪혀 흘러내리는 햇빛
의 폭포, 에 젖어 쏟아지는 구름의 폭포, 빛의 구름의 폭포가 하늘
에서 흘러내린다, 그릇에 넘쳐 흐르는 액체처럼 가열되어 하늘에
넘쳐 흐르는 구름, 맑은 감격에 가열된 눈에서 넘치는 눈물처럼 하
늘에 넘쳐 흐르는 구름.

사물의 꿈 3
―물의 꿈

　나는 나의 성기를 흐르는 물에 박는다. 물은 뒤집혀 흐르는 배를 내보이며 자기의 물의 양을 증가시킨다. 바람을 일으키는 물결. 가장 활동적인 운동을 시작하는 바람은 기체의 옷을 벗고 액화한다. 검은 꿀과 같은 바람. 물안개에 싸인 달의 월궁 빛깔에 젖은 반투명의 나의 꿈 위에 떠오르는 나의 성기의 불타는 혀의 눈이 확인한 성기의 불타는 혀. 불은 꺼지고 타오르는 재. 불을 흘러가게 하고 가장 뜨거운 재를 남겨주는 흐르는 물. 나의 성기를 향해 자기의 양을 증가시키는 물!

나는 별아저씨

나는 별아저씨
별아 나를 삼촌이라 불러다오
별아 나는 너의 삼촌
나는 별아저씨

나는 바람남편
바람아 나를 서방이라고 불러다오
너와 나는 마음이 아주 잘 맞아
나는 바람남편이지

나는 그리고 침묵의 아들
어머니이신 침묵
언어의 하느님이신 침묵의
돔 dome 아래서
나는 예배한다
우리의 생은 침묵
우리의 죽음은 말의 시작

이 천하 못된 사랑을 보아라
나는 별아저씨
바람남편이지.

말의 형량
─사랑 사설 셋

한 알의 말이 썩는 아픔, 한 덩어리의 말의 불이 타는 아픔, 말씀이 살이 된 살이 타는 무두질의 아픔, 제가 하는 바를 모르고 하는 저 죽은 사람들에게 버림받은 말의 이별의 슬픔, 이별 슬픈 말, 완강한 어둠의 폭력에 상처입은 한 줄기 빛의 예리한 아픔의 아름다움, 어둠 긁는 말의 마디마디에 흐르는 피의 아픔의 아름다움, 어둠 슬픈 말, 꽃도 피면 시드나니가 아니라 시듦의 향기화, 죽음에 향기를 충전하는 삶의 필요성, 큰 죽음은 크게 반짝이고 작은 죽음은 작게 반짝임, 별 하나 나 하나, 두려움, 말의 두려움, 말 하나 나 하나의 두려움, 말을 사랑하는 두려움, 말을 사랑할 줄 모르는 자, 말의 사랑을 모르는 자의 無神的 폭력, 가엾음, 분노, 가엾음의 분노, 분노의 가엾음…… 말이 머리 둘 곳 업으매 시대가 머리 둘 곳이 없다.

심야 통화 1

잠든 사람들이 밤을 잠재운다
깨어 있는 불빛만이 깨어 빛나고
어떤 잠은 빛에 부서져 고요에 부서져
진실의 독으로 팔자를 길들인다.

거기 어디요?
꿈이요
뭘 하오?
꿈의 색정에 취해 있소
색 중의 색인 꿈의 색정,
죽음이 비처럼 내린다 한들
죽음이 바람처럼 불어온다 한들
꿈에 홀려 말하랴
영원히 죽지 않는 것은 죽음이라고.

낮의 하늘에는 태양이 여러 개 있어
그 중에 하나를 슬쩍 훔쳐도 사람들은 모르더라
훔친 그 태양과 더불어 이 밤에
빛에 물들어 고요에 물들어 나
진실의 독으로 팔자를 길들인다.

심야 통화 2

탕! 바다가 깨어지고 있소
탕! 거울, 우리의 거울 바다가
탕! 우리의 꿈이
탕! 우리의 비밀이 깨어지고
탕! 우리의 사랑이
탕! 태평가

밤참을 듭시다. 지금은 밤참이 가장 아름다운 시대. 밤에만 들을
수 있는 소리가 증대하고 밤에만 보이는 불이 증대하고…… 그대
꿈의 한 자락으로 해어진 생의 구멍을 깁고 있구려. 밤새 뚝딱거리
는 소리 들오리. 날개를 만드는 소리. 꿈이 현장 감독이오. 그러나
꿈의 날개는 하늘 푸른 바닥에 떨어져 단명으로 붙박일까 두렵소.
필경 오른 날개가 왼 날개를 나무라고 왼 날개가 오른 날개를 욕하
오. 못 날겠다, 못 날겠다, 너 때문이다, 죽일 놈. 그러나 가장 안되
기는 꿈이 안됐소. 찬란하게 꽃필 모든 아름다운 생들이 안됐소.

시, 부질없는 시

시로써 무엇을 사랑할 수 있고
시로써 무엇을 슬퍼할 수 있으랴
무엇을 얻을 수 있고 시로써
무엇을 버릴 수 있으며
혹은 세울 수 있고
허물어뜨릴 수 있으랴
죽음으로 죽음을 사랑할 수 없고
삶으로 삶을 사랑할 수 없고
슬픔으로 슬픔을 슬퍼 못 하고
시로 시를 사랑 못 한다면
시로써 무엇을 사랑할 수 있으랴

보아라 깊은 밤에 내린 눈
아무도 본 사람이 없다
아무 발자국도 없다
아 저 혼자 고요하고 맑고
저 혼자 아름답다.

K네 부부의 저녁 산보

저녁빛에 물들어 부부가 서 있다
집 그림자에 물들어,
비가 와도 좋고 바람이 불어도 좋은
錢別 혹은 산보,
강약조로 모든 타령조로 어정거릴 때
神聖 후광처럼, 챙 넓은 모자처럼
머리 둘레에 물드는 쓸쓸함,
그들의 半身을 묶고 있는
맨살도 못 가리는 한 가닥의 실
어떤 중량에 찬 쇠사슬,
어디로 가는 거예요?
결혼을 향해 가는 거지
우리는 벌써 결혼했는걸요
완성된 결혼은 없어, 되어가는 결혼
안 되어가는 결혼이 있을 뿐……
그대들 다섯 줄 심금을 울릴
세상 짜릿한 행복 혹은 불행을
어떤 점성술에 의탁하고
옷 벗듯이 꿈도 벗고 있겠지
(내 꿈이야 죄짓는 일이지만)

우리들의 죽음

이 도시의 건물들은 비석처럼 서 있다.
아래의 묘비명은 우리들의 죽음을 위로할 수 있을까.

 이 비석들 사이의 죽음의 미로에 넘치는 우리들은 자기들이 죽어
가고 있음을 의식할 때 죄인이 되고, 우리는 죽어가고 있다고 말할
때 그 말의 무덤인 검은 귀의 어두운 나락으로 떨어지며 따라서 우
리를 단죄하는 보이지 않는 邪神의 이름도 물론 침묵으로 말해지는
운명임. 모든 생명은 포기되고 있으며 생명이 생명을 이물시하여,
푸른 하늘에서 눈물이 쏟아질 지경임. (생명을 거는 일이 몇 년 전부
터 습관이 되어오는데, 무엇을 위해 생명을 거느냐에 관해서는 캄캄
하고 단지 생명을 걸었거나 거는 일로부터 일체의 힘의 정당성을
주장하려 함) 우리의 죽음을 위한 노래를 찾을 수 없으니, 푸른 하
늘에서 눈물이 쏟아질 지경임. 우리의 죽음에 관한 한 사자가 사자
를 문상갈 수밖에 없으니, 눈물은 누가 흘릴 것인가. 죽은 자는 자
기가 이미 죽은 줄도 모르고 무서워서 눈물 못 흘리고 있으니 눈물
은 누가 흘릴 것인가. 비석들 사이의 거미줄만 깊고 깊구나.

사물의 꿈 4
──사랑의 꿈

사랑은 항상 늦게 온다. 사랑은 항상 生 뒤에 온다.

그대는 살아보았는가. 그대의 사랑은 사랑을 그리워하는 사랑일 뿐이다. 만일 타인의 기쁨이 자기의 기쁨 뒤에 온다면 그리고 타인의 슬픔이 자기의 슬픔 뒤에 온다면 사랑은 항상 생 뒤에 온다.
그렇다면?

그렇다면 생은 항상 사랑 뒤에 온다.

술 노래 2

우리의 어린 아들들에게 술을 권하고 싶다
모든 생명 있는 것들에게 술을 권하고 싶다

(만취한 精子의 이름은 아마 韓國人君
國人이, 자네의 정처 없음, 정처 없음!)

그리고 망자들은 나——술을 얼마나 그리워할 것인가.

자기 자신의 노래 1

거리를 걸어가다가 나는 느닷없이 부끄러웠다(방법이 없는 부끄러움은 물론 의심할 만하다) 나는 하여간 부끄러워서 고개를 들 수가 없었다. 나의 눈물의 양만큼 부끄러웠을 것이다. 나의 사랑의 양만큼 부끄러웠을 것이고 나의 파멸의 양만큼 부끄러웠을 것이다.

(이에 대해 질문하는 사람은 나보다 더 부끄러워해야 할 사람이다)

슬픔의 꿈
―高銀의 초상

죄에 의해서만 불타는
그대는 슬픔 이외의 증명이 없고
우연 이외의 중량이 없다

쉬―살 허물어지는 소리 들린다
쉬―뼈 허물어지는 소리
피 허물어지는 소리
이 세상의 우연의 신전에
부는 바람 소리
경련하는 바람 소리……

그대를 평생 슬픔에 처하니
모든 슬픔이 찾아가 우연으로 놀아라.

그리움의 그림자

형체 있는 건 형체 없는 것의 그림자
소리 있는 건 소리 없는 것의 그림자
색 있는 건 색 없는 것의……
그렇다면?
보이는 건 보이지 않는 것의 그림자
들리는 건 안 들리는 것의 그림자
그리움의 그림자
있지만 없고 없지만 있는
아 그리움의 그림자

낮술

하루여, 그대 시간의 작은 그릇이
아무리 일들로 가득 차 덜그럭거린다 해도
신성한 시간이여, 그대는 가혹하다
우리는 그대의 빈 그릇을
무엇으로든지 채워야 하느니,
우리가 죽음으로 그대를 배부르게 할 때까지
죽음이 혹은 그대를 더 배고프게 할 때까지
신성한 시간이여
간지럽고 육중한 그대의 손길.
나는 오늘 낮의 고비를 넘어가다가
낮술 마신 그 이쁜 녀석을 보았다
거울인 내 얼굴에 비친 그대 시간의 얼굴
시간이여, 취하지 않으면 흘러가지 못하는 그대,
낮의 꼭대기에 있는 태양처럼
비로소 낮의 꼭대기에 올라가 붉고 뜨겁게
취해서 나부끼는 그대의 얼굴은
오오 내 가슴을 미어지게 했고
내 골수의 모든 마디들을 시큰하게 했다
낮술로 붉어진
아, 새로 칠한 뻥끼처럼 빛나는 얼굴,
밤에는 깊은 꿈을 꾸고

낮에는 빨리 취하는 낮술을 마시리라
그대, 취하지 않으면 흘러가지 못하는 시간이여.

춤춰라 기뻐하라 행복한 육체여

이 술집 주인 부부는 그들의 피를 뽑아서 술을 빚는다. 어떤 사람들은 물로 빚은 술보다 그들의 피로 빚은 술을 더욱 즐긴다. 물보다 피를 좋아한다. 피를 마시기를 좋아한다. 술집 부부의 몸의 피는 메말라갔고 몸은 풍선 바람 빠지듯 졸아들었다. 마침내 부부는 박제가 되어 각각 벽에 마주보고 걸렸다. 생전에 눈물을 안 보인 박제의 여자가 눈물을 흘렸다. 여자의 눈물은 바람처럼 불어와 박제의 남자를 적셨다. 두 사람은 기술적으로 웃는 것 같았다. 그들은 저 유명한 기억이 다 꺼지는 강으로 갔으나 죽기 전에 생명을 가졌었다는 것이 죄가 되어 배를 타지 못하고 사공의 뱃노래를 합창하며 돌아섰다. 자신들의 시체를 자기들 마음대로 처리하려 한 것이 애초부터 대죄였다. 때는 죽은 자들이 장식물로 재생산되는 때였으므로. 그들은 붙들려 어떤 궁궐로 끌려가 대리석 벽에 장식으로 걸렸다. 피가 빠져 말라붙은, 결코 이름 있을 수 없는 많은 죽음이 궁궐 주인을 취하게 하고 있었다. 만취. 궁궐 주인은 마침내 총을 난사하기 시작했다. 총을 난사했다.
　피의 모든 방울이 말라붙은 박제의 육체들을 향하여
　춤춰라 기뻐하라 행복한 육체여
　춤춰라 기뻐하라 행복한 육체여!

고통의 축제 1
—편지

계절이 바뀌고 있습니다. 만일 당신이 생의 機微를 안다면 나는 당신을 사랑합니다. 말이 기미지, 그게 얼마나 큰 것입니까. 나는 당신을 사랑합니다. 당신을 만나면 나는 당신에게 色 쓰겠습니다. 色卽是空. 空是. 色空之間 우리 인생. 말이 색이고 말이 공이지 그 것의 실물감은 얼마나 기막힌 것입니까. 당신에게 色 쓰겠습니다. 당신한테 空 쓰겠습니다. 알겠습니다. 편지란 우리의 감정 결사입니다. 비밀 통로입니다. 당신에게 편지를 씁니다.

識者처럼 생긴 불덩어리 공중에 타오르고 있다.
시민처럼 생긴 눈물덩어리 공중에 타오르고 있다.
불덩어리 눈물에 젖고 눈물덩어리 불타
불과 눈물은 서로 스며서 우리나라 사람 모양의 피가 되어
캄캄한 밤 공중에 솟아오른다.
한 시대는 가고 또 한 시대가 오도다, 라는
코러스가 이따금 침묵을 감싸고 있을 뿐이다.

나는 감금된 말로 편지를 쓰고 싶어하는 사람이 아닙니다. 감금된 말은 그 말이 지시하는 현상이 감금되어 있음을 의미하지만, 그러나 나는 감금될 수 없는 말로 편지를 쓰고 싶습니다. 영원히. 나는 축제주의자입니다. 그중에 고통의 축제가 가장 찬란합니다. 합창 소리 들립니다. "우리는 행복하다"(카뮈)고. 생의 기미를 아는 당신을 사랑합니다. 안녕.

폭풍
— 1973년 9월초 폭풍 불던 밤의 기념

구름과 땅이 맞붙어
검은 철과 같은 암흑이
땅의 모가지를 조인다
천억 메가톤의 암흑이 공중에서 쏟아져
땅은 숨 끊어졌다
암흑이 땅에서 솟아 하늘을 찌른다
폭풍 속에는 아무것도 없고
폭풍의 보편성만이 있다
사람들은 모두 잠들어 있거나
죽은 듯이 떨고 있다
나무들은 쓰러지며 전광처럼 맹렬히
몸이 땅에 내팽개쳐지며
땅의 발바닥을 핥는다
휘몰리며 불꽃처럼 타오른다
폭풍은 이미 불이다
사람들은 시달리며
땅의 발바닥을 핥고 있다
우리들은 이미 인간이 아니다
땅의 발바닥을 핥고 있다

꿈 노래

신부는 이미 죽었거나
아직 오지 않았으니
꿈일랑 그냥 비워두어라 그대여,
고향 없는 人生一場들이
눈송이처럼 빗방울처럼
아득히 휘날려 내리는구나.

거리의 장미 속에 불을 묻고
술잔 수없이 넘쳐 흘러도
영원한 '아직'인 꿈에 홀려
육체와 영혼의 메아리 사이를
그대 아직도 도둑으로 떠도는가.

보리수 그늘 같은 눈동자는
언제 그대 눈의 깊은 데서 솟아나리오.

아무것도 없다

삼각산 위 하늘로
태양의 황금빛 사륜마차가
영원의 풍악 울리며 굴러 지나가고 있다
청옥 줄무늬 같은 바람이 흘러
그 위엄을 장식하고 있다
그 아래는 아무것도 없다
나뭇잎 하나 햇빛에 녹아 부서지고
이슬 한 방울 바람에 떨어질 뿐,
그 아래는 아무것도 없다.

마음을 버리지 않으면

주고받음이 한 줄기
바람 같아라
마음을 버리지 않으면
차지 않는 이 마음.

내 마음의 공터에 오셔서
경주를 하시든지
잘 노시든지
잠을 자시든지……

굿 나잇.

나는 별아저씨

1978

불쌍하도다

詩를 썼으면
그걸 그냥 땅에 묻어두거나
하늘에 묻어둘 일이거늘
부랴부랴 발표라고 하고 있으니
불쌍하도다 나여
숨어도 가난한 옷자락 보이도다

갈 데 없이……

사람이 바다로 가서
바닷바람이 되어 불고 있다든지,
아주 추운 데로 가서
눈으로 내리고 있다든지,
사람이 따듯한 데로 가서
햇빛으로 비치고 있다든지,
해지는 쪽으로 가서
황혼에 녹아 붉은빛을 내고 있다든지
그 모양이 다 갈 데 없이 아름답습니다

태양 폭발

태양의 살은 햇빛이구요
태양의 피는 열인데요
그 살은 우리의 살의 근원이구
그 피는 우리의 피의 원천인데요
그 살의 일부가 터져서
그 피의 일부가 출혈한 사건이
최근 태양에서 일어났습니다.
내 살의 불안과
내 피의 불안은 이루 말할 수 없어
발걸음조차 이상하게 흔들렸습니다.
그 빛과 열의 적은 감소가
나를 감기들게 했나부다 하고
나는 재채기를 하면서도
그러나 여전히 빛나는 태양의
따뜻한 은혜의 광택을
눈부시게 바라보며 나도 눈부시게 웃었습니다.

살이 녹는다

여름 바닷가
모래 위의 발자국
속에 햇빛 가득,
밤바다 모래 위의
가슴 자국
속에 밤바람 가득
파도 소리 숨소리 가득,
별빛과 눈맞춤
그대와 입맞춤
여름 뜨거워
살이 녹는다
여름 화려해
육체도 화려해
물 향기에 젖어
살이 녹는다.

가을, 원수 같은

가을이구나! 빌어먹을 가을
우리의 정신을 고문하는
우리를 무한 쓸쓸함으로 고문하는
가을, 원수 같은.

나는 이를 깨물며
정신을 깨물며, 감각을 깨물며
너에게 살의를 느낀다
가을이여, 원수 같은.

악몽과 뜬구름 1

1960년 사월에 죽은 광헌이
죽었는지 살았는지 소식 없음
1961년 이월에 죽은 성민
죽었는지 살았는지 소식 없음
1962년 유월에 죽은 만규
생사 확인할 수 없음
1963년 칠월에 죽은 태선이
죽었다고 소식 옴
1964년 팔월에 죽은 영호
죽었다고 소식 옴
천구백칠십몇 년까지, 죽은 자들의 아무도
살았다는 소식 없음
모든 피가 부서지고
모든 뼈가 부서졌음
날아가버린 김가의 뺨 한 조각이 중천에 떠서
피를 흘리고 있음
부러진 이가의 팔 한 짝이 밤하늘에 떠서
자기의 육체를 부르고 있음
악몽과 뜬구름의 역사
의 밤비에 젖어
자기의 육체를 부르고 있음

내, 육체, 를, 돌, 려, 다, 오
지금 썩지 않은 눈물 있으면
고가로 사서 내 눈물 삼겠음.

고통의 축제 2

눈 깜박이는 별빛이여
사수좌인 이 담뱃불빛의 和唱을 보아라
구호의 어둠 속
길이 우리 암호의 가락!
하늘은 새들에게 내어주고
나는 아래로 아래로 날아오른다
　　쾌락은 육체를 묶고
　　고통은 영혼을 묶는도다*

시간의 뿌리를 뽑으려다
제가 뿌리뽑히는 아름슬픈 우리들
술은 우리의 정신의
화려한 형용사
눈동자마다 깊이
望鄕歌 고여 있다
　　쾌락은 육체를 묶고
　　고통은 영혼을 묶는도다

무슨 힘이 우리를 살게 하냐구요?
마음의 잡동사니의 힘!
아리랑 아리랑의 청천하늘

오늘도 흐느껴 푸르르고
별도나 많은 별에 수심 내려
기죽은 영혼들 거지처럼 떠돈다
　　쾌락은 육체를 묶고
　　고통은 영혼을 묶는도다

몸보다 그림자가 더 무거워
머리 숙이고 가는 길
피에는 소금, 눈물에는 설탕을 치며
사람의 일들을 노래한다
세상에서 가장 쓸쓸한 일은
사람 사랑하는 일이어니
　　쾌락은 육체를 묶고
　　고통은 영혼을 묶는도다

　* 후렴은 우나무노의 『생의 비극적 의미』라는 책에서 인용.

최근의 밤하늘

옛날엔
별 하나 나 하나
별 둘 나 둘이 있었으나
지금은
빵 하나 나 하나
빵 둘 나 둘이 있을 뿐이다
정신도 육체도 죽을 쑤고 있고
우리들의 피는 위대한 미래를 위한
맹물이 되고 있다

최근의 밤하늘을 보라
아무도 기억하지 않고 말하지 않는
어떤 사람들의 고통과 죽음을
별들은 자기들의 빛으로
가슴 깊이 감싸주고 있다
실제로 아무 말도 하지 않는 우리들을 향하여
流言 같은 별빛을 던지고 있다

내 사랑하는 인생

우선 나는 그대들의 건강과 영광을 빈다. 아울러 그대들의 죽음을 축하한다. 그대들의 꿈같은 좌절과 화려한 지옥을 축하한다. 모든 것은 절대로 좋고 절대로 나쁘다──그 점을 축하한다. 그대들의 공포 및 동해와 서해의 격랑을 축하한다. 그대들의 이목구비와 발바닥과 신문을 축하한다. 극장과 짧은 즐거움과 애국가를 축하하고, 前進과 後進을, 左進과 右進을, 그대들의 전후좌우를 축하한다. 한잔의 술, 길 없는 데서의 질주의 끈기(!), 그 모든 것을 축하한다.

돋아나는 풀잎의 눈물 속에 내리는 비
불 꺼진 창의 검은 눈동자 속에 내리는 비
오 내 사랑
돋아나는, 풀잎의, 눈물, 속에, 내리는, 비……

꿈속의 아모라

내 손이 그대 가슴을
시냇물처럼 흐른다, 아모라여,
내 눈 속에 뜨는 무지개의 한 끝이
그대 눈으로 폭포처럼 쏟아져
五色穹窿이 만월처럼 부풀 때, 아모라여,
그대는 들었는가
바닷물이 땅 위로 넘치는 소리, 혹은
상처입은 시간의 날개 소리를.

흐르다가 우리가 끊어지고
물처럼 왔다가 바람처럼 간다 해도
꿈속의 아모라여, 나는 너를 듣는다
노예의 귀로.

새벽의 피

아, 새벽 거리. 봤나? 그 속으로 지나왔지. 그 속으로? 차고 맑은 새벽의 피 속으로. 그렇지, 내 따뜻한 피를 섞었지. 내 몸 속의 한 줄기 파란 감각…… 새벽의 푸른 육체 속으로 뚫린 (나의 육체가 지나오면서 그린) 한 줄기 따뜻한 구멍. 새벽은 아주 태연했어. 비정할 만큼. 아니 새벽은 아주 믿음직스러웠어. 믿을 수 있는 건 모든 서두르지 않는, 모든 태연한 것들이라고 생각될 만큼. 그 차고 맑은 피 속에 네 따뜻한 피를 섞어봐. 아 새벽 거리.

밤 술집

酒客들은 다만 잠들어 시끄럽고
술과 안주만이 깨어 있다
혀는 말의 부스러기나
비꼬인 토막 따위를 핥으며 춤추고
애국적인 아가씨들은 나와
다른 사내들의 불알을 까서
소금 접시와 함께 날라온다
젊은 가수의 노래는
유배된 청춘의 축제 없는 가슴을 어루만진다
나는 술잔을 들며
기억도 아픈 젊은 부러진 날개들의 눈동자를
녀석들의 잔 없는 손을 깨문다
땅콩이 입 안에서 폭발한다
오이와 당근
대구포도 폭발한다
입 속에 감금된 폭발.
공허한 입김의 난무 속을
오줌 누러 갔다 온다
오, 술자리와 변소를 오갈 수 있는 자유의 기쁨
오, 아가씨가 이쁘다고 말할 수 있는 자유의 기쁨(!)
酒客들은 다만 잠들어 시끄럽고

입 속에 감금된 폭발,
오 침묵과 靜觀의 기막힌 기쁨(!)

우울과 靈感

답답해요
그야 당연하죠
답답하다니까요
그야 지금이 오후 일곱시고
김씨가 죽었으니까요
답답해요
그야 강물은 흐르고 있고
어두운 술잔 속에 별은 지고
望鄕歌 울어예니까요
이씨도 죽고
박씨도 죽었으니까요, 그러나
눈물은 합심해서 거부합시다
답답하다고 하면 못써요
당신은 결코 답답하지 않으니까
아아 無情
숨쉬는 법을 익히세요
마시는 공기의 양을 줄여가는 법을
그리하여 조용히 죽어가는 법을
답답한걸요
천만에 벼락을!
푸른 하늘이지만

그게 어디 우리의 하늘인가요
모든 공포는 육체의 공포임을
벼락은 잘 알고 있어요
아, 바람이 부는군요, 불면서
내 살의 대부분을 氣化시키는군요
이 투명한 부드러움!
(인생 만세)

냉정하신 하느님께

지난해는
참 많이도 줄어들고
많이도 잠들었습니다 하느님
심장은 줄어들고
머리는 잠들고
더 낮을 수 없는 난쟁이 되어
소리없이 말없이
행복도 줄었습니다

그러나 저 납작한 벌판의 찬 흙 속에
한마디 말을 묻게 해주세요
뜬구름도 흐르게 하는 푸른 하늘다운
희망 한 가락은
얼어붙지 않게 해주세요
겨울은 추울수록 화려하고
길은 멀어서 갈 만하니까요
당신도 아시지요만, 하느님.

거짓 희망을 쓰러트리는 우리들의 희망이

누구의 입김인가 이 안개는
살찐 死者들의 입김이지, 이 안개는
꼭꼭 숨어라 친구들이여
머리카락 보인다 이웃들이여
그리하여 잠들라
낮의 일과 불투명한 노력들은
우리들 자신의 몫이 못 되고
거짓 희망을 쓰러트리는 우리들의 희망이
허락되기 어렵다 하더라도
피곤과 우울은 우리의 것이다!
편히 잠들라 내 이웃들이여
각성은 눈뜨면 못 쓰고
잠조차 뿌리내릴 수 없는
아, 이 땅의 가난한 영혼이
뜬눈으로 그대의 잠을 지키고 있다.

痛史抄

옛날옛날에 덫과 올가미가 살았습니다. 덫은 올가미를 노리고 올가미는 덫을 노리고 있었습니다.

생명 있는 건 돌뿐이었습니다.
생명 있는 건 쇠뿐이었습니다.
우리야 돌 속의 돌이요 쇠 속의 쇠였습니다.

덫이 올가미를 덮치는 순간 그야 올가미는 덫을 얽었습니다.
아, 덫과 올가미는 함정에 빠졌습니다.

떨어져도 튀는 공처럼

그래 살아봐야지
너도 나도 공이 되어
떨어져도 튀는 공이 되어

살아봐야지
쓰러지는 법이 없는 둥근
공처럼, 탄력의 나라의
왕자처럼

가볍게 떠올라야지
곧 움직일 준비 되어 있는 꼴
둥근 공이 되어

옳지 최선의 꼴
지금의 네 모습처럼
떨어져도 튀어오르는 공
쓰러지는 법이 없는 공이 되어.

전쟁

　그게 다 말해준다 이내 인생의 정당성을, 겹과 겹의 밀월의, 쇠의 밥의 잠꼬대의 정당성, 생각의 통일 의지의 통일 감정의 통일의 정당성, 비겁에 대한 모멸에 대한 공포에 대한 좌절에 대한 마비에 의한 궁둥이의 폭발적 자유의 정당성, 유황인 공기, 뜻대로 하시는 비단결의 스피커가 물 쓰듯 불 쓰듯 스마트하게 속삭이는 일백 퍼센트의 신성 행복.

　내 할 일은 단 하나
　내 가슴에 뛰어드는 저 푸른 풀잎을 껴안는 바람처럼
　고요히 고요히 춤추는 일.

도덕의 원천이신 달이여

바람 소리 한 가닥
모래 위에 떨어져 있다
그걸 주워서 만져보고
귀에도 대본다
달 뜨는 소리 들린다

도덕의 원천이신 달이여 파도여
달 뜨는 눈알에서 내 웃음은
파도 소리를 낸다

감격하세요

나무들을 열어놓는 새소리
풀잎들을 물들이는
새소리의 푸른 그림자
내 머릿속 유리창을 닦는
심장의 창문을 열어놓는
새소리의 저 푸른 통로

풀이여 푸른빛이여
감격해본 지 얼마나 됐는지.

窓

　자기를 통해서 모든 다른 것들을 보여준다. 자기는 거의 부재에 가깝다. 부재를 통해 모든 있는 것들을 비추는 하느님과 같다. 이 넓이 속에 들어오지 않는 거란 없다. 하늘과, 그 품에서 잘 노는 천체들과, 공중에 뿌리내린 새들, 자꾸자꾸 땅들을 새로 낳는 바다와, 땅 위의 가장 낡은 크고 작은 보나파르트들과…… 눈들이 자기를 통해 다른 것들을 바라보지 않을 때 외로워하는 이건 한없이 투명하고 넓다. 성자를 비추는 하느님과 같다.

마음에 이는 작은 폭풍

잠깬 마루에
새벽 달빛 한 줄기
번개 같다, 보이는 세계의 심연
부들부들 떠는 마음의 고요
뿔뿔이 끊어졌던 뿌리를 모은다.

내 귀는 크고 또 커져
깃 속에 푸른 바람 품고 잠든 새의
꿈을 듣고 있는 그대의 꿈을
……듣는다

마음에 이는 작은 폭풍
막 태어나고 있는 움직임 ── 영원한 내 사랑.

태양이 떵떵거리면서

大노예의 발바닥을 핥는 中노예들의 발바닥을 핥는 小노예들의
발바닥이 무서워서 발붙일 곳을 없게 하기 위해 손이 발이 되도록
빌게 하나니……

숨어서 보는 눈이요
납작한 벌판이도다
일용할 떡 공포요
그걸로 기쁨을 배불리도다

그러나 보라
내 귀가 들은 바를 나는 노래하나니
태양이 떵떵거리면서 떠오르도다.

심야 통화 3

1

별들은 연기를 뿜고
달은 폭음을 내며 날아요
그야 내가 미쳤죠
아주 우주적인 공포예요

2

어둠이 촛불에 몸 씻듯이
깊은 밤 속에 잠겨 있으면
귀밝아오노니
지하수 같은 울음 소리……

거품과 너털웃음

저 지독한 해와 달이 비추는 게
살찌는 돌
살찌는 도구들이고,
술잔을 들며 부르는 노래가
다 태평가일지라도
나는 노래하리라
맥주와 諸國의 그림자
거품과 너털웃음을

노래하리라
반도의 눈부신 명당에서
세상에 가장 무거운 운명이
가장 깊이 날으는 모습을.

천둥 쳐다오

구름 같은 남자들이
천둥 치고 있네

   꽃은 여자 속에
   향기는 공기 중에

아냐 천둥은 옛말
요새는 꾀죄죄한 욕망뿐

   꽃은 여자 속에
   향기는 공기 중에

남자들 천둥 쳐다오
태양처럼 웃어다오

   꽃은 여자 속에
   향기는 공기 중에

눈짓 하나가 탄생을 돕는다

너는 태어나려고 애쓴다
네가 태아처럼 꼬부리고 걸어갈 때
네가 헤엄치듯 잠들 때
물과 햇빛 속의 태기를 마실 때

너는 태어나려고 애쓴다
너의 키와 체중 속에서, 옷 속에서, 밥
과 꿈속에서, 네가 바라보는 모든 것들
속에서

아 태어나려고 애쓴다
납작한 것들 속에서
찢어지는 것들 속에서
길들여진 정신
무서워하는 기교 속에서
명랑한 저 달빛 아래 쥐죽은 거리에서
석탄백탄 속에서
아 막무가내의 기쁨 속에서.

눈짓 하나가 탄생을 돕는다.

네 눈은 상처이다

완벽한 철제 비단결 穹窿이다
생각은 떠오르는 듯 천장에 부딪혀 꺼진다

머리는 솜으로 가득 차 있고
게다가 누가 물을 붓는다

다름아니다
네 눈은 상처이다
네 입은 상처이다
귀도 머리털도
심청이도 아리랑도

짝사랑을 누를 길 없어 너는
덜덜덜 떨지 않으면 안 된다

어디서 힘을 얻으랴

의자에 앉아서
의자를 그린다

마음은 항상
어여쁜 힘이 필요하다

결국 길이 없다
내가 그린 의자 속에 들어가 앉는다

현실의 의자는 인제
편안해지기 시작한다

앉는 데마다 淸風이 일는지도 모른다.

공중에 떠 있는 것들 1
—돌

날아가던 돌이 문득 공중에 멈췄다.
공중에 떠 있다.
일설에는 그 돌이 정치적이라고 한다.

그 소리의 化石의 연대는 애매하다.
웃지 않는 운명만이 확실하다.

다만 철제 프로파간다를 매일
독약처럼 조금씩 먹는다.

공중에 떠 있는 것들 2
— 나

내 몸이 자꾸 무거워지는 이유는
공포 때문이다.

나는 내 그림자로부터 도망친다.
떨리는 손으로 그림자를 떼어버린다.
다른 그림자 때문이다.

그림자를 잃고 공중에 뜬 실체는 말한다
나 내가 아니오
나 내가 아니오.

공중에 떠 있는 것들 3
— 거울

뜻깊은 움직임을 비추는 거울은
거의 깨지고 없다.
다만 커다란 거울 하나가 공중에 떠 있고
거울 위쪽에 적혀 있는 말씀—
祝臥禪, 낮을수록 복이 있나니.

거울 속에는 그리하여
누워 있는 자와 잠든 자, 혹은
죽은 자들만이 있다.
요새 자기의 모습을 보는 방식이다.

눈감으면 고향이
눈뜨면 타향.

공중에 떠 있는 것들 4
──집

지붕마다 구멍이 뚫려 있다.
지붕 바깥으로 손 들기 위해서이다.
손 들고 있는 편안함!

비가 새니까 막으라는 겁니다라고
스피커가 말한다.
청천하늘엔 별도나 많고.

연락선 같기도 하고 화물선 같기도 하며
哨戒艇 같기도 하다 즐거운 나의 집은.

달아 달아 밝은 달아
연기 위에 집을 짓고
천년만년 살고지고.

술잔을 들며

── 한국, 내 사랑 나의 사슬

1

불행이 내게 와서
노래부르라 말한다
피 흘리는 영혼 내게 와서
노래부르라 말한다.
내 인생은 비어 있다, 나는
내 인생을 잃어버렸다고 대답하자
고통이 내게 와서 말한다──
    내 그대의 뿌리에 내려가
    그대의 피가 되리니
    내 별 아래 태어난 그대
    내 피로 꽃 피우고 잎 피워
    그 빛과 향기로 모든 것을 채우라.

2

우리들의 고통을 헤아려보겠다고?
모래알을 헤아리면 된다
모래알 하나에서 우주를 본다고?

그렇다면 우리는 수많은 우주를 갖고 있다.

3

김씨 이씨네의 한 많은
두부찌개들이 보고 싶습니다
보면 먹지 않고
한없이 바라만 보겠습니다

고통의 별 아래 태어난 우리들,
한국을 사랑하는 것은
그 별빛을 사랑하는 것입니다

하느님은 새의 날개를 만든 뒤
더 만들지 않으셨습니다
겨드랑이에서 눈물이 돋습니다
돋으면서
슬픔으로 날자 상처로 날자 외칩니다

4

꽃들 좀 피어나거라
지식 국화, 농부 진달래
학생 장미, 노동 패랭이
제 값으로 피어나는 소리 좀 열려라
남도창, 정선 아리랑
천안 삼거리, 명동 블루스
부채춤, 강강수월래, 九鼓舞, 불놀이
북, 꽹과리, 가야금, 기타아……
이쁜 가슴 비벼 이는
푸른빛의 메아리 속에
자유 있는 육체와 육체 있는 자유로
일과 춤을 섞고 사랑한다 말하며
농부들은 씨 뿌리고
시인들은 노래하며
학자들은 생각하고
애인들은 사랑하는 땅
아 우리들의 명절이 있어야겠다
한국, 내 사랑 나의 사슬아!

144

다시 술잔을 들며
―한국, 내 사랑 나의 사슬

이 편지를 받는 날 밤에 잠깐 밖에 나오너라
나와서 밤하늘의 가장 밝은 별을 바라보아라
네가 그 별을 바라볼 때 나도 그걸 보고 있다
(그 별은 우리들의 거울이다)
네가 웃고 있구나, 나도 웃는다
너는 울고 있구나, 나도 울고 있다.

한 고통의 꽃의 초상
—— 니진스키에게

그의 육체는 뿌리와 같다. 영혼의 꽃피는 불을 위한 모든 것을 빨아올리고 준비한다. 걸어다닐 때도 춤출 때도 땅속에 뿌리박고 있다. 땅은 어둡다. 그러나 뿌리인 그의 육체는 밝고 밝다. 지상의 햇빛 속에 피워내는 것이 있기 때문이다. 육체여 왜 어둡겠는가. 그의 육체는 뿌리와 같다.

그의 목은 나무 줄기와 같다. 그 목은 길고 투명하다. 목은 높은 데로 올라가는 신성한 사다리와 같다. 목은 아, 얼굴을 향하여 한없이 올라가고 있다.

나는 피어난 고통의 꽃 그의 얼굴을 본다. 그 얼굴은 폭풍의 내부처럼 고요하고 그리고 아름답다. 그의 눈은 눈물의 내부에 비친 기쁨의 빛의 넘치는 그릇이다. 자연의 폐의 향기를 향해 깊이 열려 있는 그의 숨결. 운명의 모습처럼 반쯤 열려 있는 저 입의 심연의 고요. 회오리바람 기둥의 중심에 모인 힘으로 기쁨을 향해 열려 있는 얼굴. 오, 피어난 고통의 꽃 그대의 얼굴.

사람이 풍경으로 피어나

사람이
풍경으로 피어날 때가 있다
앉아 있거나
차를 마시거나
잡담으로 시간에 이스트를 넣거나
그 어떤 때거나

사람이 풍경으로 피어날 때가 있다
그게 저 혼자 피는 풍경인지
내가 그리는 풍경인지
그건 잘 모르겠지만

사람이 풍경일 때처럼
행복한 때는 없다

여자의 감각을 감탄함

1

우주요?
배추 한 포기예요
세계?
콩나물 시루지요
(물과 물고기처럼 요지부동의 이 실제적 감각!)
물이 끓으면 나도 끓고
물이 얼면 나도 얼어요

2

네에 큰 거요,
아시나요 자질구레한 것들의 힘,
마음이 넘어지지 않으려면
꼭 맞는 구두를 신으세요
(물과 물고기처럼 요지부동의 이 실제적 감각!)

파랗게, 땅 전체를

1

파랗게, 땅 전체를 들어올리는
봄 풀잎,
하늘 무너지지 않게
떠받치고 있는 기둥
봄 풀잎

2

그림 속의 여자도 개구리도
꿈틀거리는
봄바람 속
내 노래의 물소리는 저
풀잎들 가까이 흘러가야지

이 세상의 깊음 속으로

날으는 새의 날개가 느끼는
공기
그 지저귐이 느끼는
내 귀
에 흐르는 푸른 공기
귓속에 흐르는 날개
모든 것들의 경계의
氣化
서로 다른 것의 모양 속에 녹는다
네 모양이 내 모양
내 모양이 네 모양이라며
날개와 바람
날개와
바람처럼……

인제 다시 떠나야 한다
이 세상의 깊음 속으로……

덤벙덤벙 웃는다

파도는 가슴에서 일어나
바다로 간다

바다는 허파의 바람기를 다해
덤벙덤벙 웃는다

여기선 몸과 마음이 멀지 않다
서로 의논이 잘 된다

흙의 절정인 물
물의 절정인 공기

물불 가리지 않는 육체
의 가락에
자연의 귀도 法도 어우러진다

고통의 뺄셈
즐거움의 덧셈

슬픔 없는 낙천이 없어
덤벙덤벙 웃는다

납 속의 희망

내 인생은 마비된 희망 속의 잠
보이지 않는 것을 향해 열려 있는
일찍이 빛났던 두 눈동자
귀는 쓰레기통
입은 함정
오 내 인생
마음의 납[鉛] 계단 꼭대기에
지푸라기처럼 떠오르는
마비된 희망
속의 잠.

담배를 보는 일곱 가지 눈

하염없는 손들의 마지막 신호.

연기처럼 사라지는 약속.

킹 사이즈의 혼란.

구호에 대한 암호.

등화관제 아래 지각없는 불빛.

습관적인 霧笛.

아마 우리 숨결의 외출.

악몽과 뜬구름 2

따다다 랄랄라
괜찮어, 가벼운 상처야
무덤에 가면 나을걸 뭐
따다다 랄랄라

　　새벽같이 오는
　　이 소름슬픔 만세

따다다 사람 하나 먹고
랄랄라 사람 둘 먹고
하하, 화약처럼
속삭이고 싶어

　　저 달은 무덤 속에
　　우린 저 달빛 아래

꿈이야, 걸음아 도망갔어
가도가도 정든! 지도였어——
덫에 걸린 올가미가
함정에 빠져 있었어

154

저 달은 무덤 속에
우린 저 달빛 아래

시월의 감상

문득 공복처럼 떠 있는 황혼 한 자락을 발목에 감고 다른 한 자락
은 목소리에 그늘지게 해
무슨 파도와 명사십리가 만나는 것처럼 만날 녀석

두 시간이나 세 시간 별말 없이 술을 마셔도 유수처럼 통해 흐를
수 있는 놈

위대한 잠꼬대인 일리아드나 오디세이 중의 한 곡 사랑이나 한
곡의 싸움
사랑이든 싸움이든 자꾸 그런 공간으로 내던지고 탈환하는 그런
녀석

가을이군, 그래 벌써 가을이야라면서
인사라고 한 곡 숨들을 던지며
그걸로 그냥, 꿀 먹거나 떡 먹은 거보다 더하게
입 딱 씻는 녀석이 아마 있기는 있을 거라······

광채 나는 목소리로 풀잎은

흔들리는 풀잎이 내게
시 한 구절을 준다

하늘이 안 무너지는 건
우리들 때문이에요, 하고 풀잎들은
그 푸른빛을 다해
흔들림을 다해
광채 나는 목소리를 뽑어올린다
내 눈을 두 방울 큰 이슬로 만든다

그 이슬에 비친 세상
큰 건 작고
강한 건 약하다
(유머러스한 세파
참 많은 공포의 소산)

이 동네 백척간두마다
광채 나는 목소리로 풀잎은……

종이꽃 피도다

하느님

꽃에는 비
풀잎에는 바람
우리한테는 너무한 희망
내려주시도다

하느님

한 시대는 한 폐허요
군왕들 열심히 준비하는
무덤에 항상 뿌리내리는
유장한 들꽃들 보이오나

하느님

가차없이 길들어
지각없이 말없이
올 봄도 산에 들에
종이꽃 피도다.

시간이에요

달아 추억은 다 너한테 가 있다가
오늘밤 온통 달빛을 타고 내려오는구나
사람의 지금을 살려내는
너 기분 좋은 藥달이여

시간은 그간 너한테 가 있다가
오늘밤 창가에 와서
시간이에요 하고 말하는구나
장차 뜰 달을 부르는구나

시간이구말구
더 치명적일 수 없는 시간
그리운 명절의 시간
그래, 시간이구말구

세상 초록빛을 다해

서커스 구경온 새처럼
나는 말한다 ——
아니다
날으는 새 보는 곡예사처럼
나는 말한다 ——

밥 먹고 있는 사람 밥 많이 먹어요
놀고 있는 사람 잘 놀아요
걷고 있는 사람은 어서 걸어요
……

말한다
거지 꼴인 꿈을 다해
세상 초록빛을 다해

꿈으로 우는 거리

사람들이 말한다
사람들은 입에서 거미줄을 꺼낸다

그 거미줄에 걸려 죽은 사람의 그림자가 눈감은 것처럼 어두운
세상

……그래도

새들이 우는 속을 알아본다
꿈으로 우는 거리를 꿈꾼다

섬

사람들 사이에 섬이 있다
그 섬에 가고 싶다

절망할 수 없는 것조차 절망하지 말고……
—노트 1975

1

더 이상 인간이 존재하지 않는다. 인간은 존재하기를 그쳤다. 물질과 허깨비만이 왔다갔다한다. 보이지 않는 공포와 가장 강력한 경멸의 뒤범벅을 우리는 오늘날 삶이라고 부른다. 게다가 그 공포와 경멸을 더 많이 차지하겠다고 사람들은 경쟁적으로 싸우고 있다. 하하. 그러니 그 삶이라는 것에 손이 닿자마자 손은 썩기 시작하고 그 삶이라는 것 속에 발을 들이밀자마자 발은 썩어버린다. 그 문드러진 팔다리로 나는 힘차게(!) 걸어간다는 것이다. 그리하여 거짓과의 타협을 우리는 오늘날 삶이라고 부른다. 그리고 더 많은 거짓을 차지하기 위하여 사람들은 경쟁적으로 싸우고 있다.

술보다 더 지독한 마약이 필요하다.

2

나는 내 운명이 이미 결정돼 있음을 모르고 운명을 개선하려 했다. 그러나 내 운명이 결정돼 있음을 알았을 때 나는 내 운명이 바뀌는 소리를 들었다.

3

　행복은 행복의 부재를 통해서만 존재하기 시작한다. 행복은 불행
이 낳은 천사이며 이미지이다. 그것은 항상 이미지로서 존재한다.
　그런데 행복은 개인적인 것이 아니다. 즉 행복이라는 이미지는
'우리' 속에서 탄생한다.
　고통 속에 있는 우리들의 불가피한 사랑 속에 내재하는 행복의
이미지.

4

　겪고 마주친 모든 것들을 예술적 대상으로 만드는, 체험을 상상
력의 불로 녹여 이미지라는 얼음 속에 냉동하는 자. 즉 비열한 상태
에 있기 쉬운 대상들을 정신의 현실적인 힘인 상상력에 의해 아름
다움 속으로 해방시킴으로써 자신을 그 대상들로부터 해방하고, 그
해방된 공간 속에서 그것들과 자신을 和唱이라는 울림의 공간 혹은
생명의 질서 속에 구속하기. 모든 위대한 예술가들의 일.

　하나의 예. 우리 중의 누가 죽었다. 그 시체는 차고 딱딱하게 굳
어 있다. 그러나 그 시체에 관한 우리의 느낌과 생각은 따뜻하고 부

드럽다. 그 따뜻함과 부드러움——문학 또는 예술.

5

제 몫으로 지고 있는 짐이 너무 무겁다고 느껴질 때 생각하라, 얼마나 무거워야 가벼워지는지를. 내가 아직 자유로운 영혼, 들새처럼 날으는 영혼의 힘으로 살지 못한다면, 그것은 내 짐이 아직 충분히 무겁지 못하기 때문이다.

6

승리만이 미덕이고 그것만이 고취될 때 가장 긴요한 미덕은 실패할 수 있는 능력이다.
나는 승리를 부끄러워할 것이다, 만일 그것이 나쁜 승리라면.
나는 과연 실패할 수 있을까.

7

　未踏의 공간은 신비롭다. 그러다가 그곳에 간 뒤에는 시간이 신비롭게 느껴진다.

8

　나는 내가 대상을 향해 걸어갈 때 그 대상 또한 나를 향해 오고 있음을 안다.

　내가 내 바깥의 어떤 것을 향해서 갈 때 나는 언제나 나 자신을 향해서 가고 있는 것이다. 언제나. 대상 또한 나를 향해 가까이 오면 올수록 그 자신에 가까워진다. 따라서 내가 대상을 정말 만날 때, 즉 내가 대상에 몰입하고 대상이 나에 몰입할 때 우리는 각각 자기 자신을 정말 만날 수 있다.

　내가 살고 있다는 것은 외계라는 태 속에서 거듭 탄생하려고 꿈틀거리고 있는 것일 따름이며, 마찬가지로 객관 세계는 나의 태(이걸 상상력이라 부르자) 속에서 끊임없이 탄생하려고 꿈틀거리고 있다.

　내가 길을 걸어갈 때 나는 내 내면 공간 속에서 똑같은 모습으로 똑같은 길을 걷고 있는 나를 본다. 즉 내 육체 바깥에 펼쳐져 있는 공간이 내 육체 속의 내면 공간에 같은 크기와 같은 모습, 같은 성질들을 지니며 동시에 투영돼 존재하며, 외계 공간에서 움직이는 나와 마찬가지로 내면의 상상 공간에서도 똑같이 다른 하나의 내가 움직이고 있는 걸 나는 바라본다. 두 개의 세계가 동시에 공존한다!

그러나 내면 공간 속의 나와 그를 바라보고 있는 이 현실적인 나가 같은 것인가? 아니다. 외계 공간이 내면화되고 그 내면 공간과 그 속의 나를 바라보는 현실적인 나는 변질되기 시작한다. 즉 내면 공간과 그 속의 나는 현실적인 외계와 그 속의 나에 작용하기 시작한다. 내 존재의 한 실재 즉 내 영혼에 작용하여 일종의 투명하고 고요한 빛 속에 그 뿌리를 깊이 박게 한다. 이것은 탁월한 의미의 긴장조차 없는 세계, 아름다움과 고요가 투명한 빛 속에 그 모습을 완전히 드러내는 세계이다.

9

자기의 경험이 자기를 다시 찾아올 때, 즉 기억의 창고 속에 앙금처럼 쌓여 있던 쾌락이나 욕망, 공포들이 현재의 살을 비집고 나와 이마에 흐르는 땀처럼 명백히 현재할 때, 그 친근한 방문객을 맞이하고 대접하는 방법을 생각해볼 것.

가령 세수를 할 것.

10

잊어버림으로써 기억한다.

11

나는 시간을 알고 있다. 밤이 깊었다거나 그 유동량이 바야흐로 많다거나 적다거나, 소용돌이 모양이라거나 실오라기 모양이라거나……

그러나 '시간'이 나를 알고 있는지를 나는 모른다. 그것이 내 슬픔이다. 그러나 내 슬픔으로 무슨 단단한 보석이라도 만들었으면……

12

추상 명사인 '희망'은 우리들의 혀와 깊은 관계가 있고 혹은 코,

귀, 눈 등과 깊은 관계가 있다. 말하자면 우리들의 감각들, 우리의 육체와 관계가 깊다.

13

사람이 때를 모르니 때가 사람을 따를 리 없다.

14

詩=대답할 수 없음에 대한 변명(그 가장 탁월한 의미에 있어서). 그리고 가능한 대답 중의 최선의 길.

15

그 여자가 콩을, 거의 모든 종류의 콩을 좋아한다고 내게 말하자마자 그 여자에게서 콩냄새가 나는 것 같았고, 나도 콩을 좋아하는 터라 내가 콩을 바라볼 때 느끼는 구수한 식욕과도 같은 친근감을 느꼈다.

우리를 연결하는 것들 중의 하나——콩 혹은 식욕.

16

내 움직임의 유일한 가능성이자 한계인 내 육체조차, 그리고 나를 제한하는 모든 내적 (특히 심리적) 장애들조차 날개 자체가 된 듯, 그리고 의식과 무의식(사람들은 이렇게도 잘 가른다——그래야 뭔지 알 것 같기 때문에)의 모든 층들과 안개 속에, 근육의 켜 속에 바람과 불의 결혼이라도 진행되는 듯 타오르는 이미지.

17

파괴적인 허무나 절망적인 내기로부터 나온 힘은 그 힘을 낳은 바로 그 허무나 절망보다 더 무섭고 파괴적인 절망을 낳을 것이다. 그런 힘은 분명히 공포로부터 나온다.
인간의 세계에 있어서 희망을 장기화하는 노력의 필요성.

18

핵, 그 밑도끝도없는 힘. 그러자 우리는 관념적, 감정적으로 혹은 思考上으로 또 죽는다. 아주 이상적으로 아주 유쾌하게 전멸한다. 조용한 히로시마. 나의 사랑 히로시마.

같이 죽는다는 것은 情死를 의미한다. 아, 우리는 서로 지독하게 사랑하고 있는 것이다!

두 사람이 마주보고 있다.
① 오랫동안 죽은 듯이 말이 없다.
② 한쪽의 얼굴이 약간 일그러진다.
③ 다른 한쪽이 그걸 모방하거나 눈을 떨어뜨린다.
④ 한쪽 얼굴의 한쪽 눈에서 눈물 한 방울 떨어진다.
⑤ 같은 얼굴의 다른 쪽 눈에서 다시 눈물 한 방울 떨어진다.
⑥ 그렇게 짝짝이로, 두 눈이 번갈아가며 눈물을 쏟는다.
⑦ 뚝 그치거나 차츰 그친다.
⑧ 그리고 조금 웃는다.
⑨ 다른 쪽 얼굴이 그걸 모방한다.
⑩ 다시 죽은 듯이 서로, 가능한 한 오래 바라보고 있다. 지독하도록 오래.

그렇게 만나고 있다. 1975년.
불가피하고 운명처럼 확고부동한 이미지.

19

그러나 또한 불가피한 건 이미지를 버리는 것. 이미지 대신 액추얼리티actuality를 붙잡는 것. 아니 이미지가 나를 버리고 실재하는 것이 나를 붙잡는 불가피성.

두 사람이 마주보고 있지 말고 실재하는 제3의 어떤 것을 동시에 바라본다.

20

그러나 크리슈나무르티의 관찰:

불이 났다. 한 사람이 불을 끄기 위해 물을 퍼서 나른다. 그걸 바라보는 사람들이 있다. 보면서 이렇게 말한다. 저 사람 머리카락은 갈색이로군. 저 사람 체구에 비해 물을 많이 담아 나르고 있어. 무리야, 등.

21

아무것도 할 수 없을 때 모든 일이 가능하다. 이것은 카타스트로프와 타락이라는 이중의 뜻을 가지고 있다. 모든 일이 가능하다? 그것은 불가능한 일이며 그럴 수 없는 일이다.

아무것도 할 수 없을 때 모든 일이 '준비' 된다. 혹은 아무것도 할 수 없을 때는 모든 일을 준비하기에 가장 좋은 때이다. 아멘.

22

희망을 연장하되 희망의 근거를 끊임없이 감시하는 정신의 필요성. 실패와 죽음의 가능성.

23

大노예의 발바닥을 핥는 中노예들의 발바닥을 핥는 小노예들의 발바닥이 무서워서 발붙일 곳을 없게 하기 위해 손이 발이 되도록 빌게 하나니……

이데올로기의 노예여
우리를 위하여 빌으소서
신념의 노예여
우리를 위하여 빌으소서
배짱의 노예여
우리를 위하여 빌으소서
공포의 노예여
우리를 위하여 빌으소서
승리의 노예여
우리를 위하여 빌으소서
......
聖罪人들
우리를 위하여 빌으소서.

24

어떤 것 없이 살 수 없을 때 우리는 그 어떤 것에 중독되었다고
말한다. 가령 아편 중독자들은 아편 없이 하루도 살 수 없다. 그런
데 밥 없이는 하루도 살 수 없는 우리들 중의 아무도 우리가 밥에
중독되었다고 말하는 사람은 없다.

그러나 나는 내가 밥에 중독되어 있는 것 같다. 매일같이 밥을 먹지 않고는 살 수 없으니 나는 밥 중독자이다.

아편 중독은 불법이고 밥 중독은 '사회'가 용인하는 합법 행위이다. 한 중독의 다른 중독에 대한 승리. 싸움에 중독된 인간 사회. 승리 중독.

나는 오늘도 부지런히 일어나 밥을 사냥하기 위해 영광스런 일터로 나아간다. 나는 밥 중독자이다. 밥에 취해서 산다. 명백한 중독.

25

아이들은 미래를 물고늘어지고 나이든 사람은 과거를 물고늘어진다. 현재로부터 도망치기 위해 미래나 과거를 만들어낸다. 노인들의 미래는 과거이다. 시간으로부터 자유로울 수 있는 것은 '지금'을 통해서인데, 많은 사람들은 시간의 굴레에 묶여 있어야 편안하리만큼 무력하다. 과거와 미래를 원한다면 '지금 이 순간'을 원하지 않으면 안 된다. 새는 울고 꽃은 핀다. 중요한 건 그것밖에 없다.

26

그런데 나는 때때로 옛 노래의 '보금자리' 속에 '안긴다'

나의 살던 고향은 꽃피는 산골
복숭아꽃 살구꽃 아기진달래
울긋불긋 꽃대궐 차린 동네
그 속에서 놀던 때가 그립습니다.

지금도 나는 가끔 종로에서 꽃전차를 본다.

27

미국 시카고에서의 어느 날 밤.
여러 나라에서 온 사람들이 넓은 홀과 같은 방에서 같이 잔다. 사람들은 깊이 잠들기 시작한다. 낮에는 줄곧 영어를 지껄인 사람들이다. 그러자 한 친구가 중국말 잠꼬대를 하기 시작한다. 대만산이다. 퍽 오래 중국말 잠꼬대를 듣는다. 나는 소리 없이 많이 웃었다. 그러자 라틴 아메리카의 아르헨티나가 또 스페인어로 열렬히 잠꼬대를 했다. 나는 또 많이 웃었다. 그날 밤 나도 한국어로 잠꼬대를 했는지도 모른다.

오늘날 영어를 비롯한 몇 개의 주요 언어들은 意識語(?)이고 나머지 소위 제3세계의 언어들은 無意識語(?)인지도 모른다. 힘과 의식을 대표하는 언어들 속에 끼지 못한 언어를 쓰는 사람들은 잠꼬대를 장악함직하다.

그러나 서울에 있는 나도 잠꼬대로밖에는 내 나라 말을 할 수 없다면 내 고향은 퍽 낯선 곳이었던 모양이다.

28

국가란 무엇인가. 그것은 한 나라의 말—모국어일 따름이다. 제 나라의 말이 없으면 나라도 없고 제 나라 말을 잃으면 나라도 잃으며, 그 말소리가 들리지 않으면 그 나라의 생명이 흘러 서로 부르는 소리를 들을 수 없다. 한 나라는 문화에 의해 그 이름을 소유하게 되며 언어는 문화의 영혼이기 때문이다.

내 삶은 어떻든 한국어에 뿌리박고 있다. 한국어는 거기서 나서 거기로 돌아갈 나의 흙(땅)이다.

그런데 그 뿌리가 흔히 뽑혀 있는 걸 본다. 뿌리 없이 떠돈다. 흙 없는 뿌리들이 떠돌다가 말없이 앉거나 쓰러진다. 뿌리내릴 땅(말)을 더듬다가 함정에 빠진다. 뿌리 뽑힌 자가 뿌리내릴 땅을 찾다가

함정에 빠졌을 때, 그 빈 함정을 흙(말)으로 메워주는 사람도 거의
없다.

29

새는 울고 꽃은 핀다. 중요한 건 그것밖에 없다.

절망할 수 없는 것조차 절망하지 말고…… (카프카)

떨어져도 튀는 공처럼

1984

꽃을 잠그면?

누가 춤을 잠근다
피어나는 꽃을 잠그고
바람을 잠그고
흐르는 물을 잠근다
저 의구한 산천을
새소리를 잠그고
사자와 호랑이를 잠근다
날개를 잠그고
노래를 잠그고
숨을 잠근다

숨을 잠그면?
꽃을 잠그면?
춤을 잠그고
노래를 잠그면?

그러나 잠그는 이에게
자연도 웃음짓지 않고
운명도 미소하지 않으니, 오
누가 그걸 잠글 수 있으리오!

보이지 않는 세상

관악산에 가서 아들과
잠자리를 잡다가
너무 세게 잡아 그 자리에서
죽은 잠자리
내가 죽인 잠자리

산을 내려오는 동안 줄곧
나를 따라오던 그
죽은 잠자리,
세상에 들어서자 금방
안 보이는
그 잠자리

보이지 않는
세상

배를 깎으며
　　——아들에게

나는 먹으려고 배를 깎는다
너는 한 쪽 달라며
내 앞에 와서 앉는다
(내가 며칠 집을 떠났다가 돌아온 저녁)

나는 배 한 쪽을 네게 주지만
하나 나는 안다
배를 먹으려고 네가
나와 함께 앉아 있는 게 아님을——

나는 먹으려고 배를 깎지만
너는 나를 보려고 배를 먹는다
나는 식욕의 막대기
너는 사랑의 등불

과즙에 젖는 꽃
시간은 깊이 흐르고
나는 식욕의 막대기답게
네게 배 한 쪽을 더 준다

겨울밤

손톱처럼 자라는
우리의 날들 위로
시간의 뻥끼쟁이
하느님의 눈이 내린다

방직 공장 옆에
추억 공장 하나 서 있고 싶은
겨울밤
메밀묵이나 찹싸알떡!
자기의 발자국 속에
찹쌀떡 하나씩을 꼭꼭 박으며
걸어가느니

가난한 마음에는 와서 울리는
삶처럼 풍부한 시간의 메아리
난로와 가슴의
십이월의 불꽃이여

내 마음의 나비떼

두어 件의 막무가내가 있으니
바람과 꽃가루가
길떠나는 냄새

네 머리카락이
바람에 흩날릴 때
내 마음의 나비떼, 나비떼

달 따라 데굴데굴

처녀야
네가 서 있으면
달도 서 있고
네가 가면
달도 간다

나야 달 따라
그림자처럼 소리 없이
데굴데굴 굴러가는 바이지만

얼굴에게

내 얼굴이 억제하고 있는 동안
궁둥이는 모름지기 폭발하고 있다
하하

나는 내 얼굴이 때때로
궁둥이여서
불안할 때가 있다

찰랑대는 마음으로
—— 한 친구의 졸업 축하

(축하할 일이 줄곧 있으면 얼마나 좋겠니.
무슨 때 말고도 우리 생활이 기쁨의 냄새와
색깔과 표정에 젖어 있으면 참 좋겠다. 기쁨
없는 삶은 사람의 삶이 아니니. 결심하고 기
뻐하지 않아도 그냥 기쁜 거 있지)

축하를 위한 무슨
화사하고 빈말들을
늘어놓으랴
나는 오늘 그냥
평소에 잘 안 매는,
내가 제일 좋아하는 넥타이를 맨다
오랜만에 양복은 싱글
(하, 싱글거리는 양복!)
이백 원 주고 구두를 닦고
주머니엔 술값을 감춰놓고
너희 사각모에 나부끼는 술처럼
찰랑대는 마음으로 나는
서성거린다

지금 자기 뭐 하니

아하, 가운 입고, 꽃다발 들고
웃고, 햇빛을 향해
사진 찍고, 환상의
현실을 사진 찍고——
아직 피지 않은 꽃나무의
뿌리들도 출렁거리는구나

자기 뭐 할래
시집갈래?
취직?
대학원?
아무데나 자기 가고 싶은 데로 가거라
의지의 운명과 운명의 의지가
바라건대 비단결처럼 和唱하여
일생의 짜임새에 은총 있기를,
그리고 오늘 저녁
술 한잔 해야지!

헐벗은 가지의 에로티시즘

겨울 나무에 보인다 말도 없이
불꽃 모양의 뿌리
헐벗은 가지의
에로티시즘

그래 천지간에 거듭
나무들은 봄을 낳는다
끙끙거리지도 않고
잎 트는 소리
물 흐르는 소리를 내며

낳는다
항상 외로운 사랑이
사람 모양의 아지랑이로 피듯

내 사랑
헐벗은 가지의 에로티시즘

시간도 비빔밥도 없는 거지

누가 마시다 남은 술
마시다 남은 물
마시다 남은 피
그런 건 다 나한테 오거라
내 속의 저 밑 빠진 거지
시간도 비빔밥도 없는 저 거지가
그걸 다
바닥난 슬픔처럼 말려
바람 불 듯 취하리니

시비를 거시는 하느님께
─輓歌

　왜 죽고 어떻게 죽는다. 저도 몰래 죽고 남
몰래 죽인다.
　우리 중의 누가 죽었으며(미남 *H*의 아주
숨어버린 얼굴……) 장차 죽을 일에 관하여.
　시비를 거시는 하느님, 구정물이나 한 사발
들이켜고 싶게 하는 은총을 심심찮게 내리시
는 하느님─

이빨 하나 뽑아서
식초와도 같은 이 바람 속에 던져
그 風化를 보고 싶을 따름!

192

잔악한 숨결

너무 맑은 바람은 갈증
너무 밝은 햇빛은 그리움
너무 투명한 것들의 寶石의 狂氣

이 맑은 공기의 한숨
밝은 햇빛의 고독
모든 투명한 것들의 잔악한 숨결!

하늘을 깨물었더니

하늘을 깨물었더니
비가 내리더라
비를 깨물었더니
내가 젖더라

열린 향수

나는 본다
시집간 여자들
어른 된 여자들 속에
숨어 있는 처녀
신출귀몰
남의 얼굴엔 듯 지나가는
그리움과도 같은 꽃
열네 살의 소녀
열일곱 살 처녀를

시집간 열두 살
어른 된 열일곱
남의 얼굴엔 듯 지나가는
오 열린 향수
그리움과도 같은 꽃이여

지평선의 향기

모과꽃 향기는
해지자 제일 짙다는
어느 花曆의 말씀…… 들리자
있는 것들의 가장 깊은 데가 열리는 소리……
뚜렷이 그림자처럼 움직이는
오 비밀의 향기
향기의 비밀!

　　(그래 그만한 눈 귀라면 또 알리)

평생 흡혈귀와도 같은
저 지평선의 한숨
항상 空腹의 술잔인
大醉한 수평선을……

　　(그래 그만한 酒量이면 또 알리)

오늘 저녁은
죄수의 아내의
젖은 밥과

내 美的 영구 혁명의 죄의
뜨거운 다이아몬드를 비벼서
노래 한 가락 하고 있음을

　　(그래 그만한 刑量이면 알리)

지평선의 향기에 취해
저 벌판의 풀잎을 흔드는
바람——과도 같은 그리움을.

마음놓고

놓은 줄도 모르게
마음놓고 있으니
아, 모든 마음이 생기는구나

지금은
마음 못 놓게 하는 일
마음 못 놓게 하는 자도
다 마음놓이는구나

사랑도 무슨 미덕도
내 거라고 안 할 수 있을 때
나는 싸울 수 있으리
내 바깥에서만 피어나는
사랑도 미덕도 만나리

마음놓고
자꾸 모든 마음이 생긴다면!

내 믿음의 餘韻

나는 너를 믿지 않는다. 다만 네가 지금 믿고 있으면서 믿는 줄도 모르고 있는 그걸 믿는다. 그렇다면 우리는 아주 쓸쓸해도 과장이 없다.

눈보라에 뿌리내린 꽃

얼음에 뿌리내린 꽃
눈보라에 뿌리내린 꽃
칼날에 뿌리내린 꽃
오, 상처에 뿌리내린 꽃
杳然한 꽃!

　　벌판 같은 가슴에
　　숨은 눈동자의 닭똥
　　의 강물……

물 여기 있다
한국의 젊은 애들아
물 여기 있다

200

바다의 사진

아들 하나
아내 하나
나 두엇
그리고 各 그림자,
밤 바닷가
바다를 향해 앉아 있다

(마음에 인화되는,
바라보는 바다가 배경이 된
사진 한 장)

바람 부는
돛 두어 폭

수평선은
눈동자

하느님의 눈동자 품에 든
사진 한 장

세월의 얼굴

누가
숨을
쉬지
않는다

콧구멍들은 모두
굴뚝이다
숨이 그리워
숨이
그리워

(향기로운
　　공기는
　　　집 없이
　　　　떠돈다)

나는 밥그릇처럼
역사를 존경하며
역사의 거울을 파는
도부장수

깨진 거울이나
고장난 시계 삽시다!

그래도 동해물과 백두산이
마르고 닳도록
페가수스 날개 냄새에
취해, 나는
우리네 굴뚝마다 꽃을 꽂으리

이 노릇을 또 어찌하리

안은 바깥을 그리워하고
바깥은 안을 그리워한다
안팎 곱사등이
안팎 그리움

나를 떠나도 나요
나에게 돌아와도 남이다
남에게 돌아가도 나요
나에게 돌아와도 남이다
이 노릇을 어찌하리

어찌할 수 없을 때
바람 부느니
어찌할 수 없을 때
사랑하느니
이 노릇을 또
어찌하리

그림자의 향기

바람에 흔들리는
나뭇잎
그림자를
　　따온다
　　영원히
푸르다

바람에 흔들리는
꽃
그림자를
　　따온다
　　마르지 않는
향기

늙고 병든 이 세상에게

자꾸자꾸 물을 줘야 해요
나무도 사람도 죽지 않게
죽음이 공기처럼 떠도는 시절에
그게 우리가 숨쉬는 이유
그게 우리가 꿈꾸는 이유

당신의 마음, 당신의 몸은
얼마나 깊은 샘입니까
사람의 기쁨과 슬픔의 가락으로
그 寶石의 가락으로 솟는 샘

가슴도 손도 꽃피고
나무와 풀
집과 굴뚝들도 꽃피게
초록초록 자라게
땅의, 보석의,
온몸의 가락을 다해 솟는 샘—

하룻밤 자고 나면
한 뼘씩 자라는 굴뚝의 어린 시절
던지는 돌에 날개 돋는 어린 시절

돛 단 지평선의 어린 시절
오, 경이의 어린 시절,
늙고 병든 이 세상에게
그 시절을 되찾아주게!

한눈

오늘은 자꾸
한눈이 팔린다
시간의 틈이든
공간의 틈이든
합해서 마음의 틈이든
틈이란 틈은 대개
한눈의 안경이다

한눈에 흐르는
놓친 기차의 기적 소리
엎지른 꿀
아가書의 배꼽술잔에
찰랑대는 술
화재 경보기 같은 젖
참을忍字처럼 생긴 다리들
스친 눈동자 속에서 멀어지는
놓친 기적 소리……

두엄을 지고 자기의 밭으로 가듯이
오늘은 한눈 팔지 말고
놀아야지

애인들

1

함정이 땅속에 숨고
사슬이 바람에 뜨듯이, 그래

자물쇠가 열쇠에 녹듯이
바라보며 녹는 눈一

2

네 발로 기고 싶으며
옷은 털과 같다

신발엔 피가 흐르고
길은 풀밭과 같다

사람이 사람을
저렇게 좋아한다!

초록 기쁨
—봄숲에서

해는 출렁거리는 빛으로
내려오며
제 빛에 겨워 흘러 넘친다
모든 초록, 모든 꽃들의
왕관이 되어
자기의 왕관인 초록과 꽃들에게
웃는다, 비유의 아버지답게
초록의 샘답게
하늘의 푸른 넓이를 다해 웃는다
하늘 전체가 그냥
기쁨이며 神殿이다

해여, 푸른 하늘이여,
그 빛에, 그 공기에
취해 찰랑대는 자기의 즙에 겨운,
공중에 뜬 물인
나뭇가지들의 초록 기쁨이여

흙은 그리고 깊은 데서
큰 향기로운 눈동자를 굴리며
넌지시 주고받으며

싱글거린다

오 이 향기
싱글거리는 흙의 향기
내 코에 댄 깔때기와도 같은
하늘의, 향기
나무들의 향기!

하늘의 허파를 향해

못 볼 거인 듯 나는 보았다
화엄사 각황전 뒤꼍에서 혼자 부서져내리는 흙
그 무한아름의 나무 기둥을 돌고 있는 바람
하늘의 저 깊은 허파를 향해 타오르는 석등의 불꽃
땅인 줄 알고 만판 떨어져 그늘도 눈부신 동백꽃 숨소리

    미친——
    어쩌자구——
    하늘의 입술, 땅의 젖꼭지
    미친——

    길이 아닌 게 없고
    돌들은 팔자를 거슬러 둥둥 떠오르고

그리고 그 흙 곁의 내 마음
그 바람 곁의 내 마음
불꽃 방향
동백꽃 숨소리에 물드는 내 마음!

몸을 꿰뚫는 쓰라림과도 같은

내 사랑하느니
어디 어느 때의
느닷없는 쓰라림
밤 열두시, 밑도끝도없이
지진처럼 몸을 흔들고 지나가는
마음의 파문
뭘 아는 듯한 슬픔
뭘 아는 듯한 공복감
아는 듯한 흔들림
그 모든 걸 합쳐도 이름붙일 수 없는
까닭 없을 수밖에 없는
마음에 이는
지진과도 같은 파문……
일상의 모든 일이
그것에서 도망가는 일에 지나지 않게 하는
지진으로 지나가는
地層의 金과도 같은
(아, 노다지를 찾았다!)
몸을 꿰뚫는 쓰라림과도 같은……

그냥

느닷없이, 미안합니다
뜻이 있는 데 길이 있어서 그럽니다
맘대로 하라시지만
어렵습니다
길이 아니면 가지를 말라시지만
길이 어디 있습니까
아니가 갑니까
가는 게 아닙니까
좋습니다
뜻대로 하십시오

나는 사랑합니까
대답해주십시오
그 대답이 접니다
그래도 우리가 고개 숙이는 만큼의
이 땅의 引力을
운명으로 사랑합니다

　　사랑의 기쁨은 어느덧 사라지고
　　사랑의 슬픔만 영원히 남았네

바람의 그림자

모두 잠든
깊은 밤에
부는 바람
흔들리는 나뭇잎

살아 있는 것들은 아주 몰래
불고, 흔들리고
노는 듯이
고독하다

흔들리는 잎 그림자
흔들리는 바람의 그림자

누란의 미녀
—중국 누란에서 발견된 6천 년쯤 되었다는 미녀 미라 소식을 보고

蘭도 세상에
이런 蘭이 있구나
너 萬年花여
네 향기에 어지러워
내 마음은 누란의 위기
내 몸은 누란의 위기

(모든 해답이 그렇듯이)
오 참을 수 없는 해답인
네 얼굴의
보금자리와도 같은 아지랑이 ——
들리냐 그 아지랑이를 흔드는
내 뻐꾸기 소리

아이들과 더불어

아이들은 아침마다
일어나는 게 아니다
아이들은 아침마다
태양처럼 떠오른다

잠 깬 第一聲은
새소리와 같고
그 움직임은
새끼 사자와 같다

허구한 날 개들의 신선감은
폭포처럼 쏟아지고
단 한 번의 눈짓으로
이 세상의 어깨는
날개를 얻는다

아침은 새롭고
저녁은 또 새롭다
네 경이의 세계 속에
나도 둥지를 틀과져

蒼天 속으로

세상의 옆구리를 간질이고
간질인 손이 웃듯
아닌밤중에 문득
暴笑의 파도가 출렁거리듯이,
空氣의 깊은 가슴이 여러
꽃들과 불꽃을 피워내듯이,
광대한 어둔 地層에
寶石의 날개와 窓이 열려 있듯이
아 가장 깊은 물건보다도 깊은 슬픔이
가장 깊은 기쁨보다도 깊은 물건에 녹듯이

오 나는 저 숨막히는 뚜껑
蒼天 속으로
얼마나!
뛰어들려고 했던가
이 땅과 집과 시인을 벗어놓고
언제나 그리로 뛰어드는 불꽃처럼
언제나 그리로 뛰어드는 나무들처럼
(소리도 없이, 오 흔적도 없이)
뛰어들었던가
뛰어들어 숨을 섞는 꼴이 항상

거리를 걸어가고 있었던가

만물의 정신을 가뭇없이! 머금고
만물의 육체를 꿀먹는 벙어리
蒼天이여, 나의 한숨이여

거지와 광인
──寒山에게

거지와 광인.

나는 너희가 體現하고 있는 저 오묘한
뜻을 알지만 나는 짐짓 너희를 외면한다
왜냐하면 나는
안팎이 같은 너희보다
(너희의 이름은 안팎이 같다는 뜻이거니와)
안팎이 다른 나를 더 사랑하니까.
너와 나는 그 동안
隱喻 속에서 한몸이었으나
실은 나는 秘意인 너희를 해독하는
기쁨에 취해
그런 주정뱅이의 자로 세상을 재어온지라
나는 아마 醉中得道했는지
인제는 전혀 구별이 안 가느니──
누가 거지고
누가 광인인지

(구걸이든 미친 짓이든
寒山이나 프란체스코
덤으로 그 八寸 그림자들쯤이면
필경 우주의 숨통이려니와)

종소리처럼

해는 알코올 속으로 진다

그리하여
(썩은 공기도 아니고
불알 없는 남性의 허세도 아닌,
마음의 배경이 저
벌판 같은 風流 흐르는)
바람 부는 게 다 보이는
전등 불빛에
푸른 밤공기의 베일 출렁거리는
인제는 참 드문
술집을 그리거니와
또한 이제는 참 드문
종소리처럼 울리는 醉氣를 그리거니와

벌레들의 눈동자와도 같은

둥근 기쁨 하나
　　마음의 광채
둥근 슬픔 하나
　　마음의 광채
굴리고 던지고 튕기며 노는
내 커다란 놀이

이만큼 깊으니
　　슬픔의 금강석
노래와 더불어
　　기쁨의 금강석
지구와도 같고 血球와도 같으며
풀잎과도 같고 벌레들의 눈동자와도 같은
둥근 슬픔
둥근 기쁨

출발

모든 게 처음이에요
처음 아닌 게 없어요
싹도 가지도
사랑도 미움도
지금 막 시작되고 있어요.
기왕 시작된 건 없습니다
죽음 이외엔
죽음 이외엔 아무것도.

자, 우리가 출발시켜야 해요
구름도 우리가 출발시키고
(구름이여 우리를 출발시켜다오)
바람도 시민도
나라도 늙은 희망도
우리가 출발시켜야 해요
(나라여 우리를 출발시켜다오)
지금 막 출발하고 있습니다, 모든 게.
우리들의 이
끄떡도 하지 않는 바위
이름 부를 수 없는 쇳덩어리도
우리가 출발시키고

여러 하느님도
(하느님 우리를 출발하게 해주시옵)
우리가 출발시켜요
낙엽 한 장이나
말발굽 소리
한 다발 불꽃도 우리가 출발시켜요
여러 불꽃——석유의 불꽃 연탄의 불꽃
노래의 불꽃 우리 얼굴의 불꽃
오 우리들 숨의 불꽃
한 다발 불꽃을 우리가 출발시켜요

우리가 우리의 길을
출발시켜야 해요

자기 자신의 노래 2

나는 누구인가
나는 적어도 누구이지
별이 빛날 때
내가 아무것도 아니라면
달이 떠오를 때
나는 적어도 부풀은 누구이지
돈을 받을 때 내가 아무것도 아니라면
돈을 쓸 때 나는 누구이지
미워할 때 내가 아무것도 아니라면
사랑할 때 나는 그 누구이지

모욕이 준비됐을 때
내 인생은 시작되고
잔인에 취하는 동안
우리 인생은 무르익으나
그러냐, 그렇다면
내 머리의 뿔과
내 가슴의 풀잎은 더 푸르겠지

나는 구름을 들이받는 염소
나는 미풍에 흔들리는 풀잎

……구름을 들이받는 염소
……미풍에 흔들리는 풀잎

눈곱을 달고 나가서

다른 세상을 보려면
눈곱을 달고 나가서
해를 볼 일이다

우리 동네 해님이야
옛날이나 지금이나
별다른 기미도 없으니

눈곱을 달고 나가서
보는 해가 그래도
그 중 씻은 듯이 새롭다!

기다림에 관한 명상

메시아가 오시면
이 세상이 살까
천만에
우리는 그를 다시
못박을 거야
'메시아' 란 항상 못박힌다는 뜻이고
영원히 오지 않는다는 뜻이니까
그렇다면?
메시아를 기다리지 않게 되지
자기 자신을 기다리게 되지
내가 메시아가 아닌데?
자기 자신을 기다리지 않으니
영원히 메시아가 없지
(메시아를 기다린다는 건 자기는 아무것도 하지 않겠다는 것이요
아무것도 하지 않는 걸 정당화하는 일이기 쉽거든. 메시아가 다 해
주실 것이고, 대신 죽어주실 테니까)
궁핍에 처형된 우리들의 삶.
하긴 오지 않는 자, 오지 않는 것을 기다리는 데가 이 세상이야.
오지 않는 걸 기다리는 동안──그게 우리 일생이지.

마음이여, 깊은 보금자리여

깃들일 데가 있어야
마음이니

고기들이 바다에 깃들이고
씨앗이 땅에 깃들이며
새들이 나무에 깃들이고
보석이 땅에 깃들이듯이

보금자리여야
마음이니

한마디 말이 깃들일 수 있고
삶의 저 뒤척임들이 깃들이며
피와 강이 깃들이고
일곱시 오십분이 깃들여
포근하다면

궁뎅이를 아주 거기 붙여놓고
나는 마음도 아무것도 없는 데로 아주
사라져버리리
마음이여
깊은 보금자리여

歌客

세월은 가고
세상은 더 헐벗으니
나는 노래를 불러야지
새들이 아직 하늘을 날 때

아이들은 자라고
어른들은 늙어가니
나는 노래를 불러야지
사람들의 목소리가 들리는 동안

무슨 터질 듯한 立場이 있겠느냐
항상 빗나가는 구실
무슨 거창한 목표가 있겠느냐
나는 그냥 노래를 부를 뿐
사람들이 서로 미워하는 동안

나그네 흐를 길은
이런 거지 저런 거지 같이 가는 길
어느 길목이나 나무들은 서서
바람의 길잡이가 되고 있는데
나는 노래를 불러야지

사람들이 乞神을 섬기는 동안

하늘의 눈동자도 늘 보이고
땅의 눈동자도 보이니
나는 내 노래를 불러야지
우리가 여기 살고 있는 동안

생채기

숲에 가서 나무 가시에 긁혔다. 돌아와서 그걸 들여다본다. 순간, 선연하게 신선하다. (숲 냄새, 초록 공기의 폭발, 깊은 나무들, 싱글거리는 흙, 메아리와도 같은 하늘……) 우리가 살다가, 여물든, 무슨 생채기는 날 일이다. 팔이든 다리이든 가슴이든 생채기가 난 데로 열리는 서늘한 팽창…… 지평선의 숨결, 둥글게 피어나는 땅, 초록 세계관, 생바람결……

　생채기는 말한다
　네 속에도 피가 흐르고 있다 관습이여
　네 속에도 피가 흐르고 있다 잔인의 굴레여
　피가 흐르고 있다 모든 다람쥐 쳇바퀴여

　그렇다면 시의 언어는 우리의 생채기이니
　그건 실로 우주적 풀무가 아니겠느냐

정들면 지옥이지 1
── 1980년 5월 광주

> ······또 다른 사람들은 권력(힘)을 얻게 되
> 는데, 그들의 성공의 조짐은 다음과 같은 것
> 이다── 권력을 얻으려고 한 번 죄를 지었으
> 면, 그들은 어떤 죄를 지어도 괜찮은 자유를
> 얻기 위해 그것(권력)을 사용한다······
> ── 마르키 드 사드의 세계에 대한 모리스 블
>   랑쇼의 설명의 일부

말〔言語〕을
퍼내고
버리고
다시 퍼내도
시체가 보이지 않는다.

시체들은 아주 깊이
가슴보다도 깊이
묻혀 있는 모양이다.

국가적 法悅

느네 식구는 똘똘 뭉쳐서 감기를 앓고 있는 모양이구나
누구네 식구든지 잘 뭉치지 못하는 것이지만
가령 잘 옮는 병 같은 건 상대방의 콧물을 마신 듯이 더불어 앓으니,
주고받음이 병균만 같으면야 병든
熱과 콧물과 쇠를 비벼서
우리나라쯤 하나 만들 수 없겠느냐

우리나라 식구들은 똘똘 뭉쳐서 무슨 병을 앓기는 앓고 있는데
병명도 신비하고 알아도 쉬쉬하니
집안일인 모양이로구나

병명이 '   '라고도 하고
병명이 '인생'이라고도 하고
'겁'이라거나 '잔인'이라고도 하는데
말을 바꾸면 국가적 법열이라고도 한다드라

무슨 약이 좋은지
모르는 게 약이라는데 딴은 그 약이 명약인 듯
우리나라 식구들 얼굴을 그리면
그리워 그리워 그 얼굴들 자화상 그리면
주마등 같구나 모르는 척하는 얼굴들……

234

그러나 무슨 약이 좋은지
인삼이겠지
禁煙이고 樂天이겠지, 일설에는
피가 약이라고도 하고
피가 약이라고도 하며
피가 약이라고도 하지만……

정들면 지옥이지 2

이 땅 위를 걸어가는 건
물위를 걸어가는 일
그러나 기적은 쉽지 않은 일
피 묻은 날개도
미소하는 날개도 없으니
기적은 쉽지 않은 일.

물위를 걷는 건 어려운 일
空氣의 모습으로 걸어가는 건
쉽지 않은 일
게다가 물귀신들,
물밑으로 발 끌어내리는,
쥐뿔로 발바닥을 받으며
情死를 타진하는
各界 물귀신들!
우리가 각자에 대하여
물귀신이라면?
(그런 건 생각하기도 싫으시다면
그건 좋은 징조)

위아래가 다 무거울수록

그래도 물위를 가기는 걸어가야지
기적은 쉽지 않지만
공기를 물먹이는 일도 어려운 일!

청춘은 아름다워라
— 1982년 겨울

저녁 어스름
젊은이 여남은
교정을 걸어나오며
소리소리 노래를 부른다
밤하늘을 향하여
밤하늘을 향하여(!)
막무가내로 퍼져나가니
오호라

저런 시절은 왜
빨리 지나가는가
저 피의 향기
모오든 별에 닿고 있는
모오든 인화 물질에 닿고 있는
유일한 불꽃,
역사보다 더 풍부하고
순간보다 더 풍부한 시간

여남은 몸뚱어리와
여남은 남녀 목소리
지나갔어도

아직 거기 있고
거기 있으면서 더 부풀어
터져 밤길에 넘치는
폭죽의 목소리

슬픔과도 같은 기쁨
기쁨과도 같은 슬픔
노래 속에서는 모두
한 가락 꽃판 소용돌이
혼자만 아는 金鑛으로 가듯
비밀이 세상을 쩡쩡 울리듯
걸어가며 피어나니,
역사보다 더 풍부하고
순간보다 더 풍부한
시간의 노다지여!

달도 돌리고 해도 돌리시는 사랑이

한 처녀가 자기의 눈 속에서
나를 내다본다

나는 남자와
풍경 사이에서 깜박거린다

남자일 때 나는
말발굽 소리를 내고

풍경일 때 나는
다만 한 그루 나무와 같다

달도 돌리고 해도 돌리시는 사랑이
우리 눈동자도 돌리시느니

한 남자가 자기의 눈 속에서
처녀를 내다본다

잡념

잡념 레퍼토리, 천당을 가까이
잡념 레퍼토리, 지옥을 가까이

내가 제일 좋아하는 건 나도 모르게
잡념인가 봐

그건 애쓰지 않아도
저절로 생기고
저절로 꺼지고
출입이 自在하니

그다지 스스로 있는 걸 어찌
좋다 하지 않으리오,
잡념의 볼기짝이여
잡념의 귀싸대기여

노래에게

노래는
마음을 발가벗는 것

노래는
나체의 꽃
나체의 풀잎
나체의 숨결
나체의 공간
의 메아리

피, 저 나체
죽음, 저 나체
그 벌거숭이 대답의 갈피를 흐르는
노래, 벌거숭이
武裝도 化粧도 없는 숨결

돌아가야지 내 몸 속으로
돌아가야지 모든 몸 속으로
불꽃이 공기 속에 있듯
그 속에서 타올라야지
마음을 발가벗는

노래여
내 가슴의 새벽이여

꿩 발자국

1

눈 내린 숲
눈 위에
(오 나는 또 크나큰 비밀을 누설하느니)
꿩 발자국!
(발자국과 발자국 사이엔
발 옮길 때 발톱이 그은
아주 가는 線!)
누설된 정결
누설된 고요
(앙증은 간질처럼)
一瞬, 우주의 수렴

2

나는 내려서
숲을 덮는다
나는 희고 또 희다
내 가슴에 꿩 발자국

망막에서 숨쉬는 그 발자국
눈을 손상하지 않고 걸어간
참 그러한 발자국

타는 벌거숭이로

겨울 중에 제일 추운 겨울
제일 추운 날
실오라기 하나 안 걸친 중생
가시네 활활 타며

도무지 미안하고
두루 슬프고
걸치는 것도 무엇도 다아
미안하고 부끄러워
가시네 벌거숭이로
활활 타며

그 중 큰 생명의 모습
타는 벌거숭이로

걸작의 조건

오늘날 나는 글을 쓴다
자신의 검열을 거쳐서
(나여, 제일 높은 벽이어)
활자와 함께 반짝이는 눈이 아니라
활자 뒤에 숨어 있는 눈을 거쳐서
이념들의 검열을 거쳐서
(벽은 새처럼 솟아오른다)
욕심들의 검열을 거쳐서
날개의 숨결을 압박하는 물귀신들
한숨의 길 眞空을 거쳐서
적대감의 균형, 잔인의 뒤안길
오해의 검열을 거쳐서
공포의 돋보기를 거쳐서
(벽은 불길 높이로 솟아오른다)
목구멍들을 거쳐서
막힌 귀를 거쳐서
그림자들을 거쳐서
거치고 거쳐서
거쳐서
(써도 써도 남는 쓸데없는
무진장의 신경을 우리는 갖고 있느니!)

(지름길이 안 맞는 食性들)
(오 숨어 있는 눈의 섹스 어필)
(불길 높이로 타오르는 벽!)

그 모오든 신나는
걸작의 조건들을 거쳐서

바다

바다는
두근두근
열려 있다

이 대담한
공간
출렁거리는 머나먼
모험

떠나도 어디
보통 떠나는 것이랴
땅과 그 붙박이 길들
집과 막힌 약속들
마음의 감옥
몸의 감옥에서
이다지도 풀려나
오 발붙이지 않고도(!)
열려 있는 無限生涯
불가항력의 이
팽창이여

소용돌이

철이 바뀔 때는
걱정이 많아요
꽃이 피니 걱정
새가 울어 걱정

진달래꽃 옆에서는
진달래꽃빛 마음의 소용돌이
개나리꽃 옆에서는
개나리꽃빛 마음의 소용돌이

꽃 터지면
살 터지고
바람 불면
마음의 우주 끝 제일 작은
菌도 심장의 털도 흔들리고

무슨 일이나 괜찮아요
처음도 괜찮고
끝도 괜찮고
괜찮아요 지금은 무슨 일이나.

벽 앞에서

숲을 걷는다. 다람쥐들이 새카만 눈을 반짝거리며 도망가고 새들이 나무를 옮겨다니며 지저귄다. 낙원은 원래 숲이었다. 등성을 따라 벽을 쌓아놓은 데를 가다가 문득 발을 멈춘다. 사람 모습을 본것 같다. 하나 그건 나무였다. 幻視. 순간 그 나무는 벽에 부딪힌 사람이 變身한 것인지도 모른다는 생각이 스쳤다. 벽에 부딪힌 사람이 그걸 뛰어넘을 생각을 하지 않고 아예 그 자리에 붙박여버린다? 그건 아주 지독한 인간이거나 도사거나 무슨 自在보살쯤 될 것이다. 아니면 그건 木石이거나 산송장일 것이다.

하여간 우리의 초상은 많이 부처님 표정을 하고 있다. 꿰다놓은 부처님이요 시침 뚝 딴 부처님이다. 부처님 천지니 극락임에 틀림없다. 이 시대가 우리를 도통하게 한다면 이 시대가 위대한 시대임에 틀림없다. 낙원에는 갖은 식물이 있어야 하니 벽 앞에서 식물이 되는 것도 낙원을 이루는 일일 것이다(!)

語訥의 푸른 그늘

예컨대 내 일터의 화원 아저씨
화분을 갖다 주면서
발음한 '난초'
어눌하기 짝이 없는 그 '난초' 속에서 순간
서늘하게 밝은 세상,
며칠 있다가 화초가 잘 자라는지 보러
씩 웃으며 들어오던
웃음의 그 깨끗한 빛,
語訥의 참 서늘한 깊이
그 푸른 그늘 아래 내 마음 쉬느니.

폭풍은 法처럼

1

모든 광기가 빛나고
범법자들은 찢어지게 웃으며
나무의 불꽃
물의 불꽃과 더불어
아주아주 잘 익는 심장.

폭풍이여, 네 밑 빠진 소리를
온몸이 불고 또 부느니
우리 몸 아래위 맞뚫린 구멍으로
하늘 땅 기운이 뿌리째
드나들기도 드문 일.

쾅쾅 하늘을 밟는 구름
만물의 귀신들이
허공을 두드리고
그 메아리 불가불
한 기운의 핵심을 이루니
천지의 문지방을 참
세계는 넘나드는구나.

2

불이 바람에 놀아나듯이
나는 너와 놀아나 참 흥청거리느니
法典도 시비도 무슨 제도도
다 네 손바닥 위에!

엿치기

무슨 한숨을 꺾느냐
그러지 말고
엿치기나 하자는 거야
딱 꺾어서 후——
구멍이 큰 게 이기는 거라
구멍이 큰 게 이기는
구멍이 큰 게
구멍이 큰
구멍이
구멍
우리의 고향
마음의 구멍
마음의 엿의 구멍
엿 먹는 마음의 구멍
오 그런 구멍이라면 나는
거기서 사지를 만판 뻗고
잠들과져
엿 먹는 꿈을 꾸드라도
내가 구멍이 제일 큰
엿가락이 되드라도
우리들이 나를 딱 꺾어서
혹시 이길는지도 모르니!

나는 사람이 아니고

나는 사람이 아니고
사람도 아니고
자연인가 봐
천둥 치면 같이 치고
바람 불면 같이 불고
비 오면 같이 오고
달에는 달
물에는 물
푸른 공기 시퍼런 한숨

자연의 핵심에 있는
酒精을 독점하고
독점했다고 비난받더라도
비난을 독하게 하는
化學 알코올까지 독점하고
주체 급체 생리통도 독점하고
나는 禍根과도 같이
符籍과도 같이
흘러가는 시냇물
떠가는 풀잎

아저씨의 죽음

매일……
매일……
저녁 다섯시에……
저녁 다섯시에……
방송하려고……
방송하려고……
애국가 녹음을 틀던……
애국가 녹음을 틀던……
아저씨 한 분이……
아저씨 한 분이……

자살했습니다.

너무 좋아서

너무 좋아서
나는 너를 번역하기 시작한다
네 눈을 '눈'이라고 번역하고
네 얼굴을 '얼굴'이라고 번역하고
네 손을 '손'
네 가슴을 '가슴'
네 그림자를 '그림자'
그리고 네 기쁨을 '기쁨'이라 번역하고
네 슬픔을 '슬픔'
네가 있으면 '있다'고 하고
네가 없으면 '없다'고 하고
흘러흘러
피는 '피'로

네가 문장의 처음을 열면
나는 끝없는 그 속으로 들어가
인제는 날개의 하늘이 된 거기서
자유형 헤엄을 치는데,
알코올 함유량이
부드러운 40도쯤 되는
가령 '술집'은 문맥을 부드럽게 하느니

그리하여 단어들을 섞어서
수수께끼를 만들기도 하는데
열쇠는 사랑(사량?)
오 추억이 삶보다 앞서가는
신명의 묘약!

너무 좋아서
나는 너를 번역하기 시작한다
메아리와도 같은 숨쉬는 문장이여
내 죽음도 아직
마침표를 찍지 않으리.

大醉

걸리는 데마다 소리 내는 강풍
그 센 바람 소리는
내 속의 大醉한 까닭 없는 밑 빠진
불길에 자꾸 기름을 부어
두루 태우고 뒤집고 열고 켜고
뿔뿔이 놓아주고 한군데 모으고
요컨대 세상을 깨끗이 재편하고
광물들 금속성 번쩍이게 하고
천지 귀신 휘몰아 잔치하고
눈들 말똥거리게 하고
마음 한가운데서 강풍의 제일
고요한 부분 회 치고
나는 또 그러한 持病에 취해
오호라 大醉의 불타는 꽃 속에
걸리는 데 없이 흥청거리느니
날개보다 더 이르는
밑 빠지게 서늘한 공기로 흐르느니

시를 기다리며

시 안 써지면
그냥 논다
논다는 걱정도 없이
논다
놀이를 완성해야지
무엇보다도 하는 짓을
완성해야지 소나기가
자기를 완성하고
퇴비가 자기를 완성하고
虛飢가 자기를 완성하고
피가 자기를 완성하고
연애가 자기를 완성하고
잡지가 자기를 완성하고
밥이 자기를 완성하듯이

죽음의 胎 속에
시작하는 번개처럼

느낌표

나무 옆에다 느낌표 하나 심어놓고
꽃 옆에다 느낌표 하나 피워놓고
새소리 갈피에 느낌표 구르게 하고
여자 옆에 느낌표 하나 벗겨놓고

슬픔 옆에는 느낌표 하나 울려놓고
기쁨 옆에는 느낌표 하나 웃겨놓고
나는 거꾸로 된 느낌표 꼴로
휘적휘적 또 걸어가야지

사랑할 시간이 많지 않다
1989

모든 순간이 꽃봉오리인 것을

나는 가끔 후회한다
그때 그 일이
노다지였을지도 모르는데……
그때 그 사람이
그때 그 물건이
노다지였을지도 모르는데……
더 열심히 파고들고
더 열심히 말을 걸고
더 열심히 귀기울이고
더 열심히 사랑할걸……

반벙어리처럼
귀머거리처럼
보내지는 않았는가
우두커니처럼……
더 열심히 그 순간을
사랑할 것을……

모든 순간이 다아
꽃봉오리인 것을,
내 열심에 따라 피어날
꽃봉오리인 것을!

잎 하나로

세상 일들은
솟아나는 싹과 같고
세상 일들은
지는 나뭇잎과 같으니
그 사이사이 나는
흐르는 물에 피를 섞기도 하고
구름에 발을 얹기도 하며
눈에는 번개 귀에는 바람
몸에는 여자의 몸을 비롯
왼통 다른 몸을 열반처럼 입고

왔다갔다하는구나
이리저리 멀리멀리
가을 나무에
잎 하나로 매달릴 때까지.

품

비 맞고 서 있는 나무들처럼
어디
안길 수 있을까.
비는 어디 있고
나무는 어디 있을까.
그들이 만드는 품은 또
어디 있을까.

그게 뭐니

인도 보팔 市에서
유니언 카바이드 가스로 눈멀어 죽은
한 소녀의
흙 속에 막 묻히고 있는
오 플라스틱 같은 얼굴에
저 청맹과니 뜬 눈
무얼 보고 있니 너는
태양을 보고 있니?
네 눈이 닿자마자
태양은 허옇게 사위어
청맹과니가 된다
네 눈이 닿자마자
빛이(!) 청맹과니다
모든 눈이 청맹과니다
네 눈은 고문이다
네 눈은 현기증이다
네 눈은 구토이다
무얼 보고 있니
그게 뭐니
네 눈!

몸뚱어리 하나

몸뚱어리 하나가 구만리요
몸뚱어리 하나가 寸尺이다
목욕을 하면 깨끗해지기도 하고
기운을 빼면 맑아지기도 하는데
기쁨의 샘이며
절망의 주머니다
눈부신 아홉 구멍
만물이 드나드는 길목이 많아서
만물 교통의 중심이며
天地를 꿰고 있다
밝을 때는 거기 비치지 않는 게 없고
어두울 때는 제 속에 갇힌다
하루아침에 일어나고
하루아침에 쓰러진다
먼지 하나에 울지만
풀잎 하나에 웃는다
뛰어오를 때 이쁘지만
넘어질 때도 이쁘다
땅과 같아서
술과 같아서
물과 불이 더불어 있으니

물결에 취하고 불길에 취한다
(술 마신다는 건 물불을 안 가린다는 얘기다)
이 배는 그리하여
물길로도 가고 불길로도 간다
더러 빠지고 더러 데지만
그 淨化의 미덕! 은 영원하다

만물이여 내 몸이여
허공이여 내 몸이여

梅芝湖에 가서

水面과 한 몸으로
나도 퍼진다
가없는 마음이
여기 있구나

소리의 深淵 2

　여러 해 전 구례에서 남원 가는 기차에서 들은 기적 소리. 공중 어디에인지 영구 녹음되어 아직도 울리고 있는 소리. 기적 소리를 수없이 들었건만 다른 모든 기적 소리와 아주 다른 그 소리. 虛鬼를 잡아먹었는지 허공을 잡아먹었는지 속이 그냥 텅 빈, 속이 텅텅 비고 속이 그냥 아주 없는 그 기적 소리. 기차에 탄 사람들 三生을 다 바쳐도 이뤄낼 수 없고 그 마음들 전부와 살 전부를 부어도 만들어낼 수 없는 소리. 무슨 눈물 무슨 피로도 빚을 수 없고 무슨 절약이나 무슨 낭비로도 살 수 없는 소리. 모든 꽉찬 거, 모든 뜨거운 것과 모든 찬 거, 모든 뚜렷하고 형체 있는 것들로는 그 소리의 제일 작은 구석의 제일 작은 귀퉁이도 까마득히 채우지 못하고, 기차가 달리고 달려 천년이나 만년 셀 수 없는 날들을 달려도 붙잡지 못할 그 기적 소리. 구만리 허공하고 내통하여 그 太虛腹中에 나를 배고 나는 또 내 뱃속에 배고 있는 그 기적 소리. 세상 만물을 배고 있어 생명의 집과도 같고 썩은 奈落과도 같은
　지금도 허공과 두루 통한 귀에 울리느니, 하여간 밑도끝도없는 심연인 그 기적 소리!

생명 만다라

어릴 때 참 많이도 본
나팔꽃
아침을 열고
이슬을 낳은 꽃
아침 하늘의 메아리
이슬 맺힌 꽃
이슬에 비친 꽃 만다라
無限反映의 꽃 만다라
피, 붉은 이슬
의 메아리, 그
메아리 속에 생명 만다라
눈동자
에 맺히는 이슬
그 이슬 속에 삶 만다라

어떤 평화

오후의 山村. 다섯 살쯤 돼 보이는 아이 하나가 앉아서 소가 풀 먹고 새김질하는 걸 바라보고 있다. 가까이 가는 사람도 못 느끼고 정신없이 보고 있다. 문득 나를 알아차리고 쳐다보며 얼른 "어디 살아요?" 하고 묻는다. "나는 서울 사는데 너는 여기 사니?" 목소리를 듣자마자 천하를 안심하고 다시 소한테로 눈길을 돌린다. 소 주려고 우리 바깥에 있는 짚을 한 움큼 집는데 아이가 좋아하는 얼굴로 "그거 잘 먹어요" 한다. 그 목소리 속에는 친근감과 기쁨이 들어 있다(자기가 하는 짓을 낯선 사람도 하는 데서 느끼는 친근이요 기쁨이었을 것이다).

그뒤로 내 마음에 또렷한 그 '풀 먹고 있는 소를 하염없이 바라보고 있는 아이'의 사진을 나는 가끔 바라본다. 잊히지 않는 그림. 지지 않는 꽃. 평화여.

땅을 덮으시면서
—나는 개미다

뭐 개미라고 한다고 해서
개미의 온갖 미덕을 갖고 있다는
얘기가 아닙니다
다만 나는
기어다닐 수 있고
누구의 발에도 밟힐 수 있으며
폐허에 살면서 스스로는 폐허가 될 수 없어
자기의 全身만한 까만 허리 잘록한 헛된
눈물이 될 수 있으며 또한
기어가다가 자빠져서
일어날 수 없음으로 희희낙락
全身이 허공을 안고 假死의 클라이막스를
안고 버둥거릴 수 있습니다, 그러니
하늘인들 내 품에 안기시지 않으리오
땅을 덮으시면서

풀을 들여다보는 일이여

어렸을 때처럼
토끼풀을 들여다본다
네 잎 클로버를
찾아보려고

우주란 무엇인가
풀을 들여다보는 일이여
열반이란 무엇인가
풀을 들여다보는 일이여
구원이란 무엇인가
풀을 들여다보는 일이여

풀을 들여다보는 일이여
눈길 맑은 데 열리는 충일이여

낙엽

사람들 발길이 낸
길을 덮은 낙엽이여
의도한 듯이
길들을 지운 낙엽이여
길을 잘 보여주는구나
마침내 네가 길이로구나

한 청년의 초상

청년이 쇠파이프를 차에다 싣는다. 파이프를 실을 때 자신도 싣는 듯한 그의 표정은 무엇을 수렴하는가. 구원이다. 순수 집중의 순간.

파이프의 引力. 청년을 끌어당기는 파이프. 끌려들어가는 청년의 전부. 그 부분이 환하다. 안 꺼지는 조명. 그의 표정에 실려 있는 청년의 전부. 삶과도 같은 풍부함. 不動의 풍부함. 구원.

외설

한참 꿈을 꾼다
포르노를 보고 있다
별게 아니라 삶처럼
여러 포즈로 꿈틀거린다
옆사람이 (아는 소설가였다)
스크린 속으로 뛰어들었다가
맘에 드는 표정으로 걸어나온다
나는 계속 초조하다
어디론가 가야 하고
시간에 쫓기고 있다
고장난 시계를 고치려고
시계방에 들어간 장면이 어디쯤 들어 있는지
분명치 않다 하여간
시계는 고장났고
고치지 못했다
아하 포르노로구나
거리는 삼엄하여 살벌하고
모두 막혀 있다
천신만고 어떤 건널목을 건너가는데
신통하기도 하여라 꿈에도
기어서 건넜으니!

하여간 어떤 책방 앞을 지나가는데
잠을 깨운다 출근 안 하냐고
부부처럼 외설스러운 게 어디 있으랴
제도의 외설
합법의 외설
타성의 외설
졸작 안정
걸작 연애
오호라 외설스럽구나 출근
더더욱 외설스럽구나 교육
희망만큼 낡은 절망의 외설
절망만큼 낡은 희망의 외설
그런 추상 명사들의 실체인
여러 포즈가, 알을 까려고
또 알을 까려고
품고 있는 권태.

예술이여
— 미하일 바리시니코프에게

나는 그대의 춤과 표정을 보고 있다
누가 내 온몸을 빨래 짜듯이 쥐어짠다
구정물이 뚝뚝 떨어진다

(극장을 나와서)
내가 땅을 밟으며 걸어가는 노릇도
도무지 주위를 손상하는 것 같아
공중을 걸어가듯 가만가만 걷는다
주위가 다칠세라⋯⋯
바야흐로 세상에 있는 것들의 자리와 연결은
靈氣의 자장 속에 완전한 균형을 이루고 있다
꿰지 않은 열 말 구슬 같은
부서지고 상처입은 우리 마음을
마침내 한 圓光으로 찰랑거리며
태양처럼 쳐들고 갈 수 있게 하는 그
참 신통한 기운⋯⋯

하늘 전체가 그냥 그 눈동자요
땅 전체가 그냥 그 발바닥인
예술이여
天眞과 사랑의 두 날개를 단
생명의 여린 살이여

신바람

내가 잘 댕기는 골목길에
분식집이 새로 생겼다.
저녁 어스름
그집 아줌마가 형광등 불빛 아래
재게 움직이는 게 창으로 보인다
환하게 환하게 보인다
오, 새로 시작한 일의 저 신바람이여
세상에서 제일 환한 그 부분이여
옆집 담 안에 마악 벙그는 목련들도
신바람의 그 아줌마를 하늘로 하늘로
다만 받쳐올리고 있구나, 다만!

어디 우산 놓고 오듯

어디 우산 놓고 오듯
어디 나를 놓고 오지도 못하고
이 고생이구나

나를 떠나면
두루 하늘이고
사랑이고
자유인 것을

商品은 物神이며 아편

1

상품은 물신이며 아편
백화점은 유토피아로 가는 배.
상품은 반짝이고 생글거리며 달콤하고 아늑하다
여기는 충족과 열락뿐
신경은 안정되고 정신은 아득하다.

(허전한가, 상품을 안아라
불안한가, 상품을 섬기라
고독한가, 오 상점들의 위안)

2

이건 카운테스 마라 성당
이건 금은 보석 교회
이건 前輪구동 사찰

나 가죽 부대의 두 팔이 올라가느니
옷이 날개 만세!

금은 구원 만세!
굴러가는 절 만세!

제주도에게

제주도여 너는 아주
떠내려가렴
어디로든지 멀리
북에서 멀리
남에서도 멀리

멀리멀리
국가
     없는
         데로
국가
     아닌
         데로

아주 멀리
멀리멀리

몸이라는 건

몸이라는 건
(무거운 거 같애도)
떴다 하면
그냥
바람이니까

어떤 몸이든지간에
하여간 다른 몸에 가서
붙어제치니까
바람 벽을 치듯이
붙어제치니까!

숲에서

1

만물 중에 제일 잘생긴
나무야
내 뇌수도 심장도 인제
초록이다
거기 큰핏줄과 실핏줄들은
새소리의 샘이며
날개의 보금자리!
(지저귀는 실핏줄이여
날으는 큰핏줄이여)

2

내 필생의 꿈은
저 새들 중 암놈과 잠을 자
위는 새요 아래는 사람인
半人半鳥 하나 낳는 일!
새여, 내 부적이여
나무여, 내 부적이여

288

○

거기서 와서 거기로 가는
○은 처음이며 끝
○은 인생의 초상
○은 다 있고 하나도 없는 모습
꽉차고 텅 빈 모습
○은 무엇일까
○은 가볍다
空氣의 숨결
굴리며 놀고
뒤집어쓰면 후광
○은 크고 밝다
○은 생명의 거울
○은 사랑
○ㄴ, 모든 곡식의 살
모든 열매의 살
이슬과 눈물의 정령
천체의 정령
금반지 은반지의 정령
풀잎과 나무의 정령
물과 피의 정령
방울들

온갖 소리들
모든 구멍의 정령
죽음의 정령
○의 정령

깊은 가슴
—1974년 시월 아이오와

시월 밤의 아이오와 시. 핀란드 출신 미국 시인 안셀름 홀로 Anselm Hollo의 시낭독회가 끝난 뒤 우리는 어느 선술집으로 들어간다. 안셀름, 카테리나, 어떤 소설가와 아마 그 애인.

희랍 시인 카테리나가 나한테 묻는다. 서울 인구는 얼마나 돼? 한 7백만 될 거야, 대답하고 나는 덧붙였다. 헌데 몇 명이 죽었는지는 모르겠어. 카테리나는 파안대소했다. 나란히 앉아서 우리는 한잔했다.

뭐랄까, 날개보다 더한 거
마음은 그냥 大氣.
자유?
오 이 벌판 같은
난 그대로
加工하지 않은
實物感!
마음?
자, 만져봐
만져보라구
만져보라니까!

술집에서 나온다, 밤하늘에 별은 맑고 바람은 서늘한데 안셀름이

저쪽을 가리키며 내게 말한다, 저기 담 보이지, 그게 경찰서야. 내가 말했다, 우린 저 속을 볼 수 없지만 저기서는 바깥이 내다보이게 돼 있을 거야. 뭔지 신이 났다.

우리는 자리를 옮겨 무슨 카페에 들어갔고, 아이리시 커피라는 걸 세 잔씩이나 마셨다.

소설가가 모는 차를 타고 돌아가는 길
새벽 3시
나는 내가 묵고 있는 아파트 앞에서 내렸다
안셀름이 따라 내렸고
우리는 끌어안았다, 나는 일찍이
이렇게 힘찬 포옹을 겪지 못했다
한 가슴이
지구를 안고 있었다.

나무의 四季

싹이 나올 때는
보는 것마다 신기한 어린애의
눈빛으로도 모자라는
기쁨의 광채, 경이의 폭죽이다가,
연초록 잎사귀의 청춘이
물불 안 가리듯 이 바람 저 바람에
나부껴
가지에 앉은 새들의
다리들도 간질이다가,
여름 해 아래 검푸르게 무성할 때는
루주도 한번 짙게 발라보는
40대 후반의 여자이다가,
벌써 가을인가, 잎 지자
넘치던 여름 잠에서 깨어
가을 바람과 함께 깨어
말없는 시간과 함께 깨어
제 속에서 눈뜨는 나무들

눈 덮인 산의 겨울 나무여
환히 보이는 가난한 마음이여

무를 먹으며

淸溪 무밭에서
잘생긴 김장무 하나를 얻어
고개를 넘는 동안 그걸
참 열심히 열심히 먹는다
(배가 쓰릴 만큼 먹었으나
먹는 동안에야 자기가 얼마나 열심히
먹는지 스스로 어찌 알았으랴)
동행한 사람이
"가슴 앞에다 참
단단히도 거머쥐고 먹네" 하며
웃으며 바라보니 알았지.

아하, 어린 시절에 우리는
무밭에서나 집에서나
줄곧 무를 먹었었느니
먹던 무를 높이 쳐들며 나는
추억에 홀린 내장으로 말한다
"이 무, 지금
어린 시절을 먹는 거야!"

자기 기만

자기 기만은 얼마나 아름다운가
자기 기만은 얼마나 착한가
자기 기만은 얼마나 참된가
자기 기만은 얼마나 영원한가
참으로 아름답고
　　　　착하고
　　　　참되고
　　　　영원한
자기 기만이여
불가피한 인생이여.

학동 마을에 가서

1

밤중에 마을에 들어간다
칠흑을 전지로 비추며.
(시골 밤이라
이게 얼마 만인가!)
귀신들이 몸에 감긴다──
시골 구석까지 전깃불이 들어간 뒤
어디로 갔을까 싶던 귀신들이.

국민학교 교과서에서 마악 걸어나온
소 타고 피리 부는 게 필생의 꿈인
同行 炳梓居士의 本家.
어린 시절 시골집 창턱까지 올라와 피어
그 모습과 향기 속에 해와 달과 세상을 모두
열고 숨기며 퍼뜨리고 있던 나팔꽃 그림자 아직도 꿈에 밟히는
同行 基心居士와,
아직 마시지도 않은 家釀酒에 떠나기 전부터 취해
술 욕심에 댓 자나 빠진 혓바닥으로 바람을 핥으며 나는
마을 길을 오른다.

2

(천지만물의 집이 다아 신성하지만)
정결하기도 하여라
아침 햇살에 드러난 시골 집이여
수줍음도 아직 깃들여 있구나.

마당에 세숫대야 놓고
세수한 지는 또 얼마나 됐는지!
아침 공기와 아주 하나가 돼버린 내
촉각을 나는 무한정 날려보냈고
공기중에 아예 내놓은 허파는
푸른 심줄도 선명히 거기
허공에서 팽창하고 있었다.

푸른 공기와
햇빛으로 지은 집들,
내 허파는 언제나 거기
공중에 풀무질을 하고 있다.

담에 뚫린 구멍을 보면

담에 뚫린 구멍을 보면 내심
여간 신나는 게 아니다
다람쥐나 대개 아이들 짓인
그리로 나는 아주 에로틱한
눈길을 보내며 혼자
웃는다 득의양양
담이나 철책 같은 데 뚫린
구멍은 참 별미가 아닐 수 없다
다람쥐가 뚫은 구멍이든
아이들이 뚫은 구멍이든
그 구멍으로는 참으로 구원과도 같은
法悅이 드나들고 神法조차도 도무지
마땅찮은 공기가 드나든다!
오호라
나는 모든 담에 구멍을 뚫으리라
다람쥐와 더불어
아이들과 더불어

술잔 앞에서

숨쉬는 법을 가르치는
술잔 앞에서
비우면 취하는
뜻에 따라서

오늘도 나는 마시이느니
여러 세계를 동시에 넘나드는 몸
源泉 없는 메아리와도 같은 말
政治 빼놓으면 참 걸리는 데 없어

나는 마시느니 오오늘도
비우면 취하는
뜻에 따라서

빈방

1

날이 추워지기 전에
도배를 하기로 한다
방 세 개, 마루 천장, 부엌 벽
품삯 재료값 합해서 25만 원
간식이 있으면 된다고.
계산은 위대하다
(예외는 있겠지만)
누구나 계산을 하니까.
바로 이 점이
사람들이 다투어
계산을 개탄하는 이유이다

2

책을 모두 내다가
마루에 쌓는다
장작 더미 같기도 하고
성벽 같기도 하며

폐허 같기도 하다
방이 텅 빈다…… 오오
나는 꽉찬다
이렇게 좋구나
(설명적이어도 할 수 없느니)
이렇게 좋구나
빈 책장을 향하여 나는
춤을 춘다, 발작적으로
그 빈 書架를 향하여
두 팔을 벌리고
빈 걸 끌어안으며, 이렇게
한껏 폭발하는 法悅이 어디 있느냐
빈 걸 끌어안으며

빈방을 본다
흘러 넘치는 시선으로
책 속의 밤보다 더 깊은
밤을 빈방과 더불어

3

오오 책 없는 데로 가야지
책 대신 손을 펴보이고
얼굴을 보이고
눈을 보이고
가슴이나 볼기짝,
나뭇잎을 보이고
흙이나 하늘
그냥 날기운, 숨결
피와 정액

4

빈 건 무릇 胎이니
책과 종교와 性을 섞어서
폭발시킨다 해도 미치지 못할
우주적인 숨
이 땅의 기억의 짐을 별로 지고 있지 않은*
새로운 인간의

얼굴과 피와 내장의 숨결

5

인간 해방?
책에서 해방돼야지
말에서 해방돼야지
이 책에서 저 책으로는 해방 없고
이 말에서 저 말로는 해방 없고
하여간
혓바닥이란 대저 키스할 때 제일 쓸모 있는 것!

할 만한 일 하나를 말하노니
내 피요 살이요 뼈인
꽃 한 송이를 폭발시켜야지!

* 프랑스 시인 생 종 페르스의 시 「아나바시스Anabasis」에는 "이 땅들의 기억의
  짐을 별로 지고 있지 않은 인간"이라는 구절이 있다.

오늘도 걷는다마는
—— 역사의 뒤안길

1

이건 피고
이건 강이다

이건 환상이고
이건 절벽이다

달에서 떨어지는 피
해가 말리는 피

6천만 마리의 오징어를
밤새 씹는다
아, 오징어에서 피!

2

우리의 시간은 어떻게 왔는가
그건 伐兵처럼 오고
祭物에 침 흘린다 한도 없이

연극을 뺨치면서 온
그건 진행이라기보다는 낙하
뛰어도 뛰어도 제자리 뛰는
악몽의 시간

3

그 시간 속으로 선물을 보내노니
반만년 만의 희소식이니, 저기!

한강에 河馬떼(!)

시창작 교실

내 소리도 가끔은 쓸 만하지만
그보다 더 좋은 건
피는 꽃이든 죽는 사람이든
살아 시퍼런 소리를 듣는 거야
무슨 길들은 소리 듣는 거보다는
냅다 한번 뛰어보는 게 나을걸
뛰다가 넘어져보고
넘어져서 피가 나보는 게 훨씬 낫지
가령 '전망'이란 말, 언뜻
앞이 탁 트이는 거 같지만 그보다는
나무 위엘 올라가보란 말야, 올라가서
세상을 바라보란 말이지
내 머뭇거리는 소리보다는
어디 냇물에 가서 산 고기 한 마리를
무엇보다도 살아 있는 걸
확실히 손에 쥐어보란 말야
그나마 싱싱한 혼란이 나으니
야음을 틈타 참외 서리를 하든지
자는 새를 잡아서 손에 쥐어
팔딱이는 심장 따뜻한 체온을
손바닥에 느껴보란 말이지

그게 세계의 깊이이니
선생 얼굴보다는
애인과 입을 맞추며
푸른 하늘 한번 쳐다보고
행동 속에 녹아버리든지
그래 屈伸自在의 공기가 되어 푸르름이 되어
교실 창문을 흔들거나 長天에
넓고 푸르게 펼쳐져 있든지,
하여간 사람의 몰골이되
쓸데없는 사람이 되어라
莊子에 莫知無用之用이라
쓸데없는 것의 쓸데 있음
적어도 쓸데없는 投身과도 같은
걸음걸이로 걸어가거라
너 자신이되
내가 모든 사람이니
불가피한 사랑의 시작
불가피한 슬픔의 시작
두루 곤두박질하는 웃음의 시작
그리하여 네가 만져본
꽃과 피와 나무와 물고기와 참외와 새와 애인과 푸른 하늘이

네 살에서 피어나고 피에서 헤엄치며
몸은 멍들고 숨결은 날아올라
사랑하는 거와 한 몸으로 낳은 푸른 하늘로
세상 위에 밤낮 퍼져 있거라.

귀신처럼

귀신처럼 살아가는구나
유리창을 깨며 들어온 최루탄이
안에서 터져 삽시간에
가스실이 된 건물 속에서
눈물 콧물 속에서
보지도 못하면서
숨도 못 쉬면서
窒息死境에서
참 귀신처럼 살아가는구나
떡 귀신
쇠 귀신
"이 자식들 이건 너무하잖어"
(무슨 얘기냐 하면 거리 진출 막으면 되는 건데 학교 안에다 그렇게 많이 쏘아서 쑥밭을 만드느냐, 어찌하여 너무 독해서 수출도 안 된다는 걸 툭하면 건물 안에다 쏘느냐, 어쩌다가 이렇게 함부로 하게 되었느냐······)
"벌레처럼 사는 거지요"
벌레 귀신
어떤 선생은 목에서 피가 나오고
어떤 이는 기관지와 폐가 못 견뎌 숨찬 병이 생기고
어떤 사람은 콧물 알레르기에 삼백예순 날 코를 풀다가 코에서

피가 나오고
　어떤 이는 먹은 걸 모두 토하고
　피부염에 비염
　코 헐고 목 헐고 숨통 헐어
　자꾸 숨차고 피 나오고
　두루 X레이 찍어보고
　참 귀신 곡하게는 살고 있구나
　──정들면 지옥이니

　　남의 발등이 아니에요
　　결국 내 발등이에요
　　남의 생명이 아니에요
　　마침내 내 생명이에요

　이 봄에
　새소리 들리지 않고
　그 어리숙한 꿩들은 다 어디로 갔는지
　까치들도 아주 떠났는지
　까치집도 교정도 황폐하구나
　배경 근사하구나
　정중한 인사의 배경

310

줄행랑의 배경
생존의 배경
떡의 배경
벌레의 배경
화사한 웃음
귀신처럼 웃고 있구나
屈伸自在
귀신이로구나
살리로다 이내 인생
이게 얼마짜리 범벅인지
이게 얼마짜리 비빔밥인지
천천히 조금씩
정말 죽여주는구나
참 귀신처럼 살아가는구나
──정들면 지옥이니

움직이기 시작하였도다
—어젯밤 꿈에

서재. 분야별로 된 두툼한 도감류가 꽂혀 있다. '식물편'이라고
되어 있는 자연만큼 두툼한 걸 꺼낸다. 펼치자

거기 들어 있던(아마 사진이었던) 곤충 한 마리가 자기가 죽은
자리에서 되살아나 날기 시작하더니, 꽃 사이를 오고 가면서 작고
단단한 꽃가루를 옮긴다……!

(생식의 神, 생산의 신이 일을 시작하셨도다)

잠 깬 뒤에도 눈에 선해 내 눈동자는 보이지 않는 데서 움직이는
창조의 힘이 내미는 가락으로 벙글거리도다.

태양에서 뛰어내렸습니다

싹이 나오고
꽃이 피었어요
나는 부풀고 부풀다가 그냥
태양에서 뛰어내렸습니다
뛰어내렸어요
태양에서
(생명의 기쁨이요?)
달에 바람을 넣어 띄우고
땅에도 바람을 넣어 그
탄력 위에서 벙글거렸지요

인제 할 일은 하나
아주 꽃 속으로 뛰어드는 일,
그야
거기 들어 있는 태양들을
내던지겠습니다
향기롭게, 붉게, 푸르게

궁지 1

어떤 '良心' 이
다른 마음들을
궁지에 몰아넣는다

'良心' 은 고독하고
다른 마음들은
합동 결혼식처럼
고독하다

궁지에 몰린 건 무릇
다아 고독하다

양심은 잔인하다

'양심' 과
다른 마음들을
다 같이 고독하게 하는 건 무엇일까
우리들을 모두
잔인의 궁지에 몰아넣는 건
무엇일까

314

세상일까
권력일까
하늘일까
아무개일까
밥일까
성욕일까
현실일까
꿈일까
통틀어서 무엇일까
우리들 자신일까

저런!

우리네 사람이여
궁지에서 나와서
궁지에서 살다가
궁지로 가느니

시골 국민학교

아, 시골 국민하교,
全景이 그 품속에 나를 안는다.
그 품속에
나는 안긴다,
안기고 또 안긴다

(세상을 통틀어
거기에만 있는)

신성 평화여

시간의 꽃이여

꿈꾸는 메아리여

막무가내의 정결이여

우주의 신성 수렴이여

천하 밀림들의 全아지랑이를
한 알의 콩알만한 환약으로 뭉쳐도

당할 수 없는 밀도의
위와 같은 생우주들의 숨결이여
(아무리 집어내려고 한들
말로써 어찌
거기 어린 공기의 숨결에
뺨을 대볼 수 있으랴)

아, 시골 국민학교!

송아지

내가 미친놈처럼 헤매는
원성 들판에서
이리 뛰고
저리 뛴다
세상에 나온 지
한 달밖에 안 된!
송아지

너 때문에
이 세상도
생긴 지 한 달밖에 안 된다!

움직임은 이쁘구나 나무의 은혜여

사람들이 나무 아래로 걸어온다
움직임은 이쁘구나
모든 움직임은 이쁘구나
특히 나무의 은혜여

쌀
—1985년 가을

다 된 벼가
아닌 가을 장마에 물에 잠기니 속상해서 하는 소린데
아직 익지도 않은 벼를 두고
풍년, 풍년 하는 게 아닐세 이 사람들아
(못자리를 두고 '풍년'을 선전하지 않는 게 다행이라고 해야 할
는지 모르겠으나)
쌀농사란
논에 서 있는 벼커녕은
타작할 때도 풍년 소리를 해서는 안 되며
창고에 넣은 뒤에도 아직 안 되며
쌀독에 부은 뒤에도 안 되고 오직
밥이 되어 입 속에 들어간 뒤라야
할 수 있는 얘기일세

이게 어디 쌀에서 끝나는 얘기리요
정치 경제 문화 교육이 모두
입 속에 들어간 밥커녕은
'풍년'이라는 년의
뒷박으로 칠한 분 같아서야!

모든 '사이'는 무섭다

잠과 각성 사이의 표정처럼
무서운 건 없다
그 모습처럼
참담한 건 없다
모든 '사이'는 무섭다
모든 '사이'는 참담하다

이 열쇠로

바깥에서 문득
집 열쇠를 본다
이건 뉘집 열쇠인가
이 열쇠의 쓰임새가 어렴풋하다
(열쇠에는…… 모두…… 무슨…… 재산이…… 딸려 있다니……
우리를…… 가두는…… 열쇠들……)

실은
이 열쇠로 나는
나무를 열고 싶다
사다리 같은 걸 열고
가령 강 같은 걸 열고 싶다
이 열쇠로
우리의 本然 헐벗음
시간의 나체를 열고
길들을 열고
아, 들판을 열고
(들판을 여는 손이 보이지?)
허공을 열고……

가을에

(四季가 모두 우리 눈앞에
그냥 한번 크게 보여주는 것이지만)
가을의 일들을 보면
바깥이 바깥이 아니라
가을의 가슴속이에요
가을 바람에는 고만
마음의 끝이 안 보이지만
별수없이 가을 바람 속으로
가을의 가슴 속으로
걸어들어가는 수밖에 없지요

걸어들어가지요 저 바깥으로
바깥은 왜 가없이 퍼져 있는지
마음은 왜 거칠게 비어 그게 속알인지,
문명의 소꿉장난, 제도의 좁쌀 위를 미끄럼 타
슬슬 바깥으로 걸어들어가지요만
바람 불어 마음은 거기 참 많기도 하군요

흙냄새

흙냄새 맡으면
세상에 외롭지 않다

뒷산에 올라가 삭정이로 흙을 파헤치고 거기 코를 박는다. 아아,
이 흙냄새! 이 깊은 향기는 어디 가서 닿는가. 머나멀다. 생명이다.
그 원천. 크나큰 품. 깊은 숨.
생명이 다아 여기 모인다. 이 향기 속에 붐빈다. 감자처럼 주렁주
렁 딸려 올라온다.

흙냄새여
생명의 한통속이여.

자장가 1
—잠이 오지 않는 밤에

잠들라
농부들이 땀과 가슴과
生前을 모두
땅에 묻듯이

잠들라
석탄처럼 묻혀 있는 광부들을
아무도 캐내지 않듯이

잠들라, 무엇보다도
이 나라 冤魂들의
기나긴 그림자,
살에 파고드는 그
무한 슬픔이
너를 적시듯이

새한테 기대어

1

새가 공중에 깃들일 때
나는 그 날개 속에 깃들인다
나무에서 새들이 지저귀면
나는 그 소리의 방울 속으로
공기와 햇빛을 옮겨간다

2

나한테 그건 별로 힘드는 일이 아니다
그건 타고난 내 버릇이니……
허나 새들이 내 감탄 속에
이 나무에서 저 나무로 옮겨가는 걸 보며
나는 한숨짓는다, 새들이
이 나무에서 저 나무로 옮겨가듯이
옮겨가지 못하는 내 움직임들……

3

(그야, 또한 새들처럼)
자기의 전부로 움직일 때
무거움도 상처도 나으리니
무슨 행복이 더 있으랴
마음과 일치하는 움직임 외에……

幕間
―신촌의 밤

1

여름밤은 깊어가고
醉客들은 거리에 넘친다
이 시간이면
燦光처럼 내뿜는 酒精流의 활기가
땅과 하늘에 바람을 넣는다
내 썩은 뼈에서도 그러한 인광이
발광했을 것이다
문득 검은 원피스를 입은 아가씨 둘이
내 쪽으로 빨리 몸을 쏠리며 소리쳤다
아저씨, 저 사람 좀 보세요, 자꾸 따라와요!
보니, 한 녀석이 회오리바람으로 불어제치고 있었는데
거두절미 시 잘 쓰는 학생이었다
녀석을 보자 나는 고개를 돌려
계집애들한테 소리쳤다
이년들아, 나래두 느이들을 따라가겠다!

(⋯⋯저 녀석이
여자 꽁무니 따라다니는 걸로도 유명했던 사뮈엘 베케트의
亡靈의 그림자의 한 반쪽쯤일지도 모르지)

328

2

돌이켜보려 애쓰지 않아도
허공 전부가 그냥 網膜인 듯
어른거리며 귀에 울리는
움직임들의 映像의 메아리……

천둥을 기리는 노래

여름날의 저
천지 밑 빠지게 우르릉대는 천둥이 없었다면
어떻게 사람이 그 마음과 몸을
씻었겠느냐,
씻어
참 서늘하게는 씻어
문득 가볍기는 허공과 같고
움직임은 바람과 같아
왼통 새벽빛으로 물들었겠느냐

천둥이여
네 소리의 탯줄은
우리를 모두 신생아로 싱글거리에 한다
땅 위에 어떤 것도 일찍이
네 소리의 맑은 피와
네 소리의 드높은 음식을
우리한테 준 적이 없다
무슨 이념, 무슨 책도
무슨 승리, 무슨 도취
무슨 미주알고주알도
우주의 내장을 훑어내리는 네

소리의 근육이 점지하는
세상의 탄생을 막을 수 없고
네가 다니는 길의 눈부신
길 없음을 시비하지 못한다

   천둥이여, 가령
   내 머리와 갈비뼈 속에서 우르릉거리다
   말다 하는 내 천둥은
   시작과 끝에 두려움이 없는 너와 같이
   천하를 두루 흐르지 못하지만, 그래도
   이 무덤 파는 되풀이를 끊고
   이 냄새 나는 조직을 벗고
   엉거주춤과 뜨뜻미지근
   마음 없는 움직임에 일격을 가해
   가령 어저께 나한테 "선생님
   요새 어떻게 지내세요"라고
   떠도는 꽃씨 비탈에 터잡을까
   망설이는 목소리로 딴죽을 건
   그 여학생 아이의
   파르스름 果粉 서린 포도알 같은 눈동자의
   참 그런 열심히 마름하는 치수로 출렁거리고도 싶거니

하여간 항상 위험한 진실이여
죽음과 겨루는 그 나체여, 그러니만큼
몸살 속에서 그러나 시와 더불어
내 연금술은 화끈거리리니
불순한 비빔밥 내 노래와 인생의
主調로 흘러다오 천둥이여
가난한 번뇌 입이 찢어지게
우르릉거리는 열반이여

네 소리는 이미 그 속에
메아리도 돌아다니고 있느니
이 신생아를 보아라 천둥벌거숭이
네 소리의 맑은 피와
네 소리의 드높은 음식을 먹으며
네가 다니는 길의 눈부신
길 없음에 놀아난다, 우르릉……

두루 불쌍하지요

두루 불쌍하지요
사람은 하여간
남의 상처에 들어앉아
그 피를 빨아 사는
기생충이면서 아울러
스스로 또한 宿主이니

그저 열심히 먹어 부지런히
피를 만드는 수밖에 없지요

내 게으름은
── 죽은 사람의 그림자

나는 저절로 게으른 것 같다
무슨 또 그럴싸한 변명이냐고?
그렇기도 하겠지만 하여간 나는
저절로 게으른 것 같다──
저절로라……
그렇다면 왜 그런가?

글쎄 그건 내 슬픔하고 상관이 있는 것 같다
슬픔하고?
그리고 뭣만한 괴로움……
뭣만한 괴로움?
사람들이 터무니없이 죽어간다
발로 쇳덩이를 차고 싶게──
골병들고 병신 많이 되었다
내 四肢를 새끼 꼬고 싶게──
새들은 날고
꽃은 또 피는데
몸은 아프고
죽은 사람은 없고……
썩으라고 있는 속으로
冤魂들의 그림자

334

끝없이 길어
나는 그 그늘 아래 술 한잔 하느니
지지리
게으르게도……

생명의 아지랑이

내 평생 노래를 한들
저 산에서 생각난 듯이 들리는,
생명 바다 깊은 심연을 문득 열어제치는
꿩 소리 근처에나 갈까.
벌레와 흙과 그늘이
목에 찬 듯한 허스키,
무슨 唱法 따위커녕은
그냥 제 생명에 겨운,
도무지 말 같지도 않은
꿩 소리 근처에나 갈까.

만물 속에서 타오르는
저 생명의 아지랑이를
내 노래는 숨쉬느니
말이여, 바라건대
생명의 아지랑이여.

밤 시골 버스

멀리 보인다
밤 시골 버스.

버스 안이 환하다.

어렴풋이 승객들 보인다
멀리 환하게 지나가는
시골 밤 버스.

그걸 몽땅 하늘에 올려놓고 싶다
제일 밝은 태양처럼.

너는 누구일까

너를 보면 취한다
피와 기대에 취하고
性的 향기에 그 아지랑이에
취하고, 참 희한한 때도 있느니
세상 걱정이 없다
너는 누구일까

너는 바람을 넣는다
땅과 그 위의 길들에 바람을 넣고
심장과 발바닥에
그게 헤쳐가는 시간에
바람을 넣는다
너는 넘치는 현재
너는 누구일까

(제도의 公認으로 무죄를 비는 거야말로 외설이지
관습에 기댄 자기 기만이야말로 외설이지)
저 자연을 보렴
저 찰랑대는 放心을 보렴
INNOCENCE
너는 넘치는 현재
너는 누구일까

어스름을 기리는 노래

땅거미 지면서
세계는 풍부해진다!

어스름에 잠기는 나무들
오래된 석조 건물들
어슴푸레 수은등 불빛
검푸른 하늘이 표구해내는
어스름의 깊이

어스름은 깊고 깊다
인제 서로 닿지 않는 게 없고
인제 차별이 없다
(풍부하다는 건 차별이 없다는 것이다)
내 몸은 지나치게 열려 있다
허공이 그렇듯이,
내 손에 만져지지 않는 거란 없다
물이 그렇듯이……

한없이 자라는 손——

자[尺]

새는 날아다니는 자요
나무는 서 있는 자이며
물고기는 헤엄치는 자이다
세상 만물 중에 실로
자 아닌 게 어디 있으랴
벌레는 기어다니는 자요
짐승들은 털난 자이며
물은 흐르는 자이다
스스로 자인 줄 모르니
참 좋은 자요
스스론 잴 줄을 모르니
더없는 자이다
人工은 자가 될 수 없다
(모두들 人工을 자로 쓰며
깜냥에 잰다는 것이다)
자연만이 자이다
사람이여, 그대가 만일 자연이거든
사람의 일들을 재라

새로 낳은 달걀

하산하면서 들르는 냉면집
총각이 방금 낳았다면서
달걀을 **하나** 내게
쥐어준다 햇빛 속에서

이런 선물을 받다니 ——
따뜻한 달걀,
마음은 이미 찰랑대는데
그걸 손에 쥐고 내려온다
새로 낳은 달걀,
따뜻한 기운,
생명의 이 神聖感,
우주를 손에 쥔 나는
거룩하구나
지금처럼
내 발걸음을 땅이
떠받든 때도 없거니!

문명의 死神

아파트촌 아스팔트 위에
닭 한 마리 거니신다.
그저께도 보고
오늘 또 본다,
아스팔트 위의
닭
이여, 참담
하구나, 아스, 팔트
위의
닭이여──
모든 게 어긋나 있잖어?
생명이,
하하,
생명이
하하──도무지
기분 나쁘지 않어?
간질 기운이 막무가내로
지나가고, 우주가
거품을 물고 쓰러진다,
오호라 흙은 어디 있으며,
벌레들은 어디 있고,

342

물은 어디 있으며,
다른 닭들은 어디 있는가,
너무 반갑고, 아스팔트
우스꽝, 위의, 스럽고, 그렇기도 했던
닭이여,
죽음을 향한 발전
의 검은 아스팔트로
덮인 도시여,
무덤에 핀 꽃도 꽃은
꽃이니, 검은 닭이여
생명의 꽃이여
뭘 쪼느냐
자동차 한 마리 쪼느냐
아황산가스 쪼느냐,
소음을 쪼느냐,
인제 우리가 쪼을
사람의 가슴도
꿈틀거리는 생명도 없다,
살아 선혈이 낭자하게 쪼을
참되기 선혈과 같은 마음도
없다,

날지 못하는 새여——
미친 듯이 달리는 파산이다,
문명의 死神이여.

사랑할 시간이 많지 않다

사랑할 시간이 많지 않다
아이가 플라스틱 악기를 부──부──불고 있다
아주머니 보따리 속에 들어 있는 파가 보따리 속에서
쑥쑥 자라고 있다
할아버지가 버스를 타려고 뛰어오신다
무슨 일인지 처녀 둘이
장미를 두 송이 세 송이 들고 움직인다
시들지 않는 꽃들이여
아주머니 밤 보따리, 비닐
보따리에서 밤꽃이 또 막무가내로 핀다

가난이여
— 인도 시편 1

석가모니는 저 가난을 구할 길 없어
스스로 헐벗었다
정치로도 경제로도 무슨 운동으로도
국가 해가지고는 더더구나 안 될 게 뻔하니
지상에 가난은 영원할 터이니
저 버림받은 가난을 어쩌나 어쩌나 하다가
도무지 그걸 구할 길 없어
스스로…… 헐벗었다

그리하여 한 사람의 알몸이 빛났다

그리고 영원한 마음의 고향이 되었다

아무데로도 가는 게 아닌
── 인도 시편 2

저녁 어스름 속을
어린 소 한 마리
보팔 거리를 걸어간다
(아 저 얼굴!)
!도무지 아무데로도 가는 것 같지 않은
아무데로도 가는 것 같지 않은
(참 사람 환장하게 하는)
저 표정,
도무지 아무데로도 가는 게 아닌
아무데로도 가는 게 아닌……

잃어야 얻는다
── 인도 시편 3

(나도 뭘 잃었는데
또 뭘 잃은 덴마크 시인과 앉아
저녁을 보내고 나서
이걸 끄적거리니)

인제 알겠다
(뭘 아는 데는 참으로
세월이 필요하다)
그냥 한 귀로 듣고
한 귀로 흘리던 말
'진리는 단순하다'
나도 인제 감히 진리 하나 말하노니 무릇
잃지 않으면 얻지 못한다

잃어야 얻는다

손
—인도 시편 4

　인도 소리꾼이 올방구치고 앉아 고전 음악을 노래한다. 저 손 움직이는 거 좀 봐. 보이지 않는 꽃 향기를 따라다니는 것 같기도 하고 잡을 수 없는 꽃을 잡으려고 하는 것 같기도 하며 물을 떠올리는 것 같기도 하고 여자의 허리를 애무하는 것 같기도 하다.
　우리들의 손.

내가 잃어버린 구름

내가 잃어버린 구름이
하늘에 떠 있구나